法文文法瑰寶

Les richesses de la grammaire française

自主學習進階版

La cause
原因

Le but
目的

La condition et
l'hypothèse
條件與假設

La nominalisation
名詞化

L'opposition
對立

Plus 5 autres leçons
及其他五個單元

楊淑娟、侯義如 著

目次

　　繼 2014 年《法語凱旋門：文法圖表精解》出版之後，本人再度與法語教授 Bernard Han-Yee-Yu（侯義如）合作撰寫《法文文法瑰寶》一書。前一本書適合初、中級的法語學習者，而這本新書則是為高級程度的學習者所設計的。

　　撰寫此書之際，我們參考了多本法國文法專家的書籍，同時也多次討論如何出版一本適合台灣學習者的高級文法書。最後我們選擇了 *Nouvelle grammaire du français* 一書作為此新書之主要參考藍本。

　　本書共有十章，從名詞化之表達方式開始，讓學習者多認識單字以及如何美化句型，繼而有一連串表達時間、直接用語與間接用語、副動詞、現在分詞、原因、結果、目的、對立、條件與假設等之用法。換句話說，透過文法解說，加上實用例句與練習，作者希望能帶領學習者一步步進入探索豐富的法文文法寶藏。除此之外，我們精心選擇 2 句與該單元相關主題的名人言、最後再透過一個小問題來達到與學習者互動之成效。本書附有習題解答。

　　在本書中我們增加三個特點：1) **句型方框**：每一個文法解說都以方框說明。2) **複習動詞結構**：唯有靠學習者記憶與勤勉練習才能熟能生巧。因此，在本書裡凡是句中有出現動詞結構的時候，我們就會再度提醒學習者。3) **圖片欣賞**：每當學完 4 至 5 項文法規則之後，學習者就可欣賞到美麗的圖片，其意在給予學習者心情放鬆片刻，繼而得到更佳的學習效果。

　　在此我們要衷心感謝幾位友人的協助：中央大學法文系林德祐教授給予很多法譯中的寶貴意見及校稿、林達昌教授的中文校稿、雅培米堤（Goûter）戴永昌先生及 2015 年麵包世界冠軍陳永信先生提供書中的美麗相片；我們也要感謝李芃小姐及聯經出版公司賴祖兒小姐再次提供我們出版進階法文文法書的機會，讓此書得以嘉惠台灣的法語學習者。

　　本書內容如有任何錯誤或需改善之處，敬請各位先進不吝賜教。

淡江大學法國語文學系專任教授

楊淑娟

////////////// Préface //////////////

La grammaire française a la réputation d'être difficile pour les non francophones...
mais aussi pour de nombreux francophones. En fait, il existe un rapport entre le
degré de difficulté d'une langue et son niveau de précision. Beaucoup de choses
possèdent deux aspects, l'un positif et l'autre négatif ; nous préférons nous focaliser
sur le premier. C'est en pensant à l'abondance des moyens d'expression pour chaque
règle que nous avons convenu d'intituler ce manuel : *Les richesses de la grammaire
française*.

Antoine de Rivarol, écrivain, journaliste, essayiste et pamphlétaire, a écrit : "La
grammaire est l'art de lever les difficultés d'une langue ; mais il ne faut pas que
le levier soit plus lourd que le fardeau." Cette idée a été constante en nous tout au
long de l'élaboration de cet ouvrage ; c'est pourquoi nous nous sommes efforcés de
faciliter l'apprentissage de cette matière, notamment en spécifiant l'emploi de chaque
mot-clé au sein de la règle concernée, en proposant deux niveaux d'exercices, etc.

Nous avons placé la leçon sur la nominalisation en premier et celle sur la condition
en dernière position (toutefois, l'expression du but, de niveau relativement facile,
se trouve à la leçon 8, après l'expression de la cause et celle de la conséquence,
car il y a une relation logique entre ces trois leçons). Pourquoi commencer par la
nominalisation ? Les mots grammaticaux se répartissent en quatre catégories : les
articles, les propositions, les pronoms et les conjonctions. Les mots lexicaux sont de
quatre types : les verbes, les noms, les adjectifs et les adverbes. Ces deux séries de
termes se complètent. On ne peut pas étudier la grammaire sans employer de mots
lexicaux ; c'est pour cette raison que la leçon sur la nominalisation apparaît d'abord.
Les apprenants pourront ainsi (re)faire connaissance avec un certain nombre de
verbes, de noms et d'adjectifs avant d'aborder les neuf autres leçons (la formation des
adverbes s'avère relativement aisée pour les non débutants)

Nous remercions les auteurs du livre (Y. Delatour, D. Jennepin, M. Léon-Dufour
et B. Teyssier) du livre : *Nouvelle grammaire du français*. Nous nous sommes inspirés
de leurs listes de mots-clés pour toutes les leçons, à l'exception de celle portant sur
la nominalisation ; de plus, nous avons reproduit leur tableau dans la leçon sur le
discours direct et le discours indirect.

Bernard Han-Yee-Yu (侯義如)

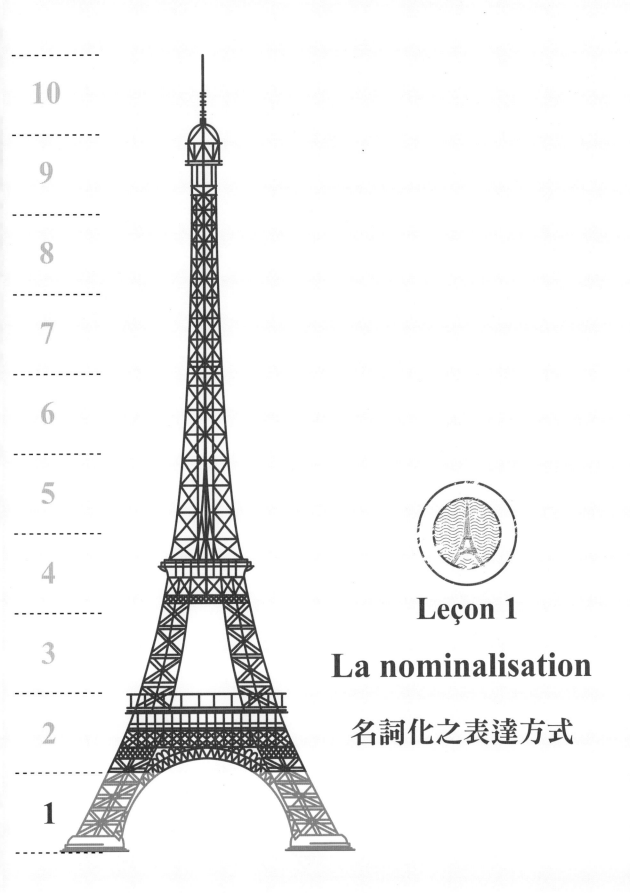

Leçon 1

La nominalisation

名詞化之表達方式

什麼是名詞化？名詞化是由動詞或形容詞變化而成。名詞化困難嗎？其實不是很難，只要掌握變化的原則即可。為什麼要以名詞化的句型表達之？因為既可美化句子，也讓句型更簡潔。至於該於何時表達？名詞化的句型常出現在報章雜誌或新聞報導的標題，或是用於書寫。請看以下這四個句子：

❶ Les motocyclistes doivent **porter** un casque.
= Pour les motocyclistes, le **port** du casque est obligatoire.
騎機車者一定要戴安全帽。
說明：動詞 porter、名詞 port

❷ Ton train **partira** à quelle heure ?
= Le **départ** de ton train sera à quelle heure ?
你（妳）的火車幾點出發？
說明：動詞 partir、名詞 départ

❸ Ce défi **difficile** nous stimule.
= La **difficulté** de ce défi nous stimule.
這項困難的挑戰刺激我們。
說明：形容詞 difficile、名詞 difficulté

❹ Cette secrétaire n'était pas **ponctuelle** et elle a été licenciée.
= Cette secrétaire a été licenciée à cause de son manque de **ponctualité**.
這位女秘書因為不準時上班而被解僱。
說明：形容詞 ponctuelle、名詞 ponctualité

Inondations

Des pluies diluviennes se sont abattues dans le Sud du pays, causant d'importants dégâts dans les plantations...

Jeunesse dynamique

Un groupe de jeunes a décidé d'enlever bénévolement les déchets jonchant quelques plages de Normandie cet été...

Fin

A Explications grammaticales et exemples
文法解說與舉例

　　在本章，我們選出常用及比較重要的動詞與形容詞，說明將它們名詞化的三種方式，並且按照字母排，讓學習者能一目了然方便使用之。請看以下這三類的名詞化：❶ 動詞名詞化、❷ 形容詞名詞化、❸ 某些動詞或形容詞與名詞是同一個字。

　　在每一類中我們都會舉例，同時透過例句也教學習者如何使用名詞化，如此一來，就能更清楚名詞化的真正意義。

Leçon
1

❶ 動詞名詞化（Base verbale）

表① 動詞名詞化

A
+ acheter → achat (m.) + adapter, s'adapter → adaptation (f.)
+ adorer → adoration (f.) + agir → action (f.)
+ aider → aide (f.) + aimer → amour (m.)
+ améliorer → amélioration (f.) + animer → animation (f.)
+ annoncer → annonce (f.) + apparaître → apparition (f.)
+ apprécier → appréciation (f.)
+ apprendre → apprentissage (m.) + arrêter → arrêt (m.), arrestation (f.)
+ arriver → arrivée (f.) + augmenter → augmentation (f.)

B
+ baisser → baisse (f.) + bénéficier → bénéfice (m.)
+ blesser → blessure (f.) + boire → boisson (f.)
+ bricoler → bricolage (m.) + bouleverser → bouleversement (m.)

C
+ camper → camping (m.) + célébrer → célébration (f.)
+ chanter → chant (m.), chanson (f.)
+ chercher, rechercher → recherche (f.) + choisir → choix (m.)
+ coiffer, se coiffer → coiffure (f.) + collaborer → collaboration (f.)
+ commencer → commencement (m.)
+ communiquer → communication (f.) + comparer → comparaison (f.)
+ se comporter → comportement (m.)
+ comprendre → compréhension (f.)
+ concevoir → conception (f.) + conclure → conclusion (f.)
+ confirmer → confirmation (f.) + connaître → connaissance (f.)
+ conseiller → conseil (m.) + construire → construction (f.)
+ consommer → consommation (f.)
+ contacter → contact (m.) + contredire, se contredire → contradiction (f.)
+ contribuer → contribution (f.) + coopérer → coopération (f.)
+ coudre → couture (f.) + couper → coupe (f.), coupure (f.)
+ créer → création (f.) + cuisiner → cuisine (f.)

Les richesses de la grammaire française　法文文法瑰寶：自主學習進階版

D

+ danser → danse (f.)   + débuter → début (m.)

+ décéder → décès (m.)   + décider → décision (f.)

+ découvrir → découverte (f.)   + décrire → description (f.)

+ se déguiser → déguisement (m.)   + déguster → dégustation (f.)

+ demander → demande (f.)   + démarrer → démarrage (m.)

+ déménager → déménagement (m.)   + descendre → descente (f.)

+ dessiner → dessin (m.)   + se détendre → détente (f.)

+ développer → développement (m.)   + diffuser → diffusion (f.)

+ diminuer → diminution (f.)   + disparaître → disparition (f.)

+ divorcer → divorce (m.)   + doucher, se doucher → douche (f.)

+ douter → doute (m.)   + durer → durée (f.)

E

+ échanger → échange (m.)   + échouer → échec (m.)

+ écouter → écoute (f.)   + écrire → écriture (f.)

+ éduquer → éducation (f.)   + s'efforcer → effort (m.)

+ élire → élection (f.)   + éliminer → élimination (f.)

+ embaucher → embauche (f.)   + employer, s'employer → emploi (m.)

+ empoisonner, s'empoisonner → poison (m.)

+ emprunter → emprunt (m.)   + encourager → encouragement (m.)

+ enregistrer → enregistrement (m.)

+ entraîner, s'entraîner → entraînement (m.)   + entrer → entrée (f.)

+ entretenir → entretien (m.)   + envier → envie (f.)

+ espérer → espoir (m.)   + espionner → espionnage (m.)

+ essayer → essayage, essai (m.)   + étudier → étude, études (f.)

+ exagérer → exagération (f.)   + exercer, s'exercer → exercice (m.)

+ exposer → exposition (f.)

F

+ fermer → fermeture (f.)   + fêter → fête (f.)

+ se fiancer → fiançailles (f.)   + finir → fin (f.)

+ fonctionner → fonctionnement (m.)

+ former, se former → formation(f.)

G

+ garantir → garantie (f.)   + généraliser → généralisation (f.)

La nominalisation 名詞化之表達方式

Leçon
1

7

H	+ haïr → haine (f.) + héberger → hébergement (m.)
	+ hésiter → hésitation (f.) + honorer → honneur (m.)
I	+ imaginer → imagination (f.) + informer, s'informer → information (f.)
	+ inonder → inondation (f.) + inscrire, s'inscrire → inscription (f.)
	+ insérer → insertion (f.) + installer, s'installer → installation (f.)
	+ interdire → interdiction (f.) + intéresser, s'intéresser → intérêt (m.)
	+ interroger → interrogation (f.) + interviewer → interview (m. *ou* f.)
	+ intoxiquer → intoxication (f.) + inventer → invention (f.)
	+ inviter → invitation (f.)
J	+ jouer → jeu (m.) + juger → jugement (m.)
L	+ lancer → lancement (m.) + lire → lecture (f.)
	+ louer → location (f.)
M	+ maîtriser → maîtrise (f.) + maquiller, se maquiller → maquillage (m.)
	+ marcher → marche (f.) + marier, se marier → mariage (m.)
	+ mentir → mensonge (m.) + mépriser → mépris (m.)
	+ monter → montée (f.) + se moquer → moquerie (f.)
	+ mourir → mort (f.)
N	+ naître → naissance (f.) + nettoyer → nettoyage (m.)
	+ nourrir → nourriture (f.)
O	+ occuper → occupation (f.) + offrir → offre (f.)
	+ organiser → organisation (f.) + ouvrir → ouverture (f.)
P	+ partager → partage (m.) + participer → participation (f.)
	+ partir → départ (m.) + passionner, se passionner → passion (f.)
	+ payer → paiement (m.) + peindre → peinture (f.)
	+ penser → pensée (f.) + perdre → perte (f.)
	+ plaindre, se plaindre → plainte (f.) + polluer → pollution (f.)
	+ porter → port (m.) + posséder → possession (f.)
	+ préférer → préférence (f.) + préparer → préparation (f.)
	+ présenter, se présenter → présentation (f.)
	+ produire → production (f.)
	+ promener, se promener → promenade (f.) + promettre → promesse (f.)
	+ proposer → proposition (f.) + protéger → protection (f.)
	+ publier → publication (f.)

Q

+ questionner → question (f.)

R

+ rappeler, se rappeler → rappel (m.)

+ rassembler, se rassembler → rassemblement (m.)

+ réciter → récitation (f.)   + recruter → recrutement (m.)

+ réduire → réduction (f.)   + réformer → réforme (f.)

+ regarder → regard (m.)   + relaxer, se relaxer → relaxation (f.)

+ renseigner, se renseigner → renseignement (m.)

+ réparer → réparation (f.)   + répéter → répétition (f.)

+ répondre → réponse (f.)   + reposer, se reposer → repos (m.)

+ réserver → réservation (f.)   + respecter → respect (m.)

+ ressembler, se ressembler → ressemblance (f.)

+ résumer → résumé (m.)   + retourner → retour (m.)

+ réunir, se réunir → réunion (f.)   + réussir → réussite (f.)

+ rêver → rêve (m.)   + rompre → rupture (f.)

S

+ saluer → salut (m.), salutation, salutations (f.)   + sauter → saut (m.)

+ séjourner → séjour (m.)   + séparer, se séparer → séparation (f.)

+ signer → signature (f.)   + sortir → sortie (f.)

+ souhaiter → souhait (m.)   + soulager → soulagement (m.)

+ stationner → stationnement (m.)   + stimuler → stimulation (f.)

+ se suicider → suicide (f.)   + surveiller → surveillance (f.)

+ sympathiser → sympathie (f.)

T

+ téléphoner → téléphone (m.)   + tester → test (m.)

+ travailler → travail (m.)   + trouver → trouvaille (f.)

U

+ utiliser → utilisation (f.)

V

+ vacciner → vaccin (m.)   + vendre → vente (f.)

+ vérifier → vérification (f.)   + visiter → visite (f.)

+ voler → vol (m.)   + voyager → voyage (m.)

✳ Exemples 例句

❶ **Signez** ici.

= Mettez votre **signature** ici.

請在這邊簽名。

説明：動詞 signer、名詞 signature

❷ Pourrais-tu **répondre** à cette question ?

= Pourrais-tu donner la **réponse** à cette question ?

你（妳）是否可以回答這個問題？

説明：動詞 répondre、名詞 réponse

❸ Je n'ai pas reconnu Marie car elle était **coiffée** différemment.

= Je n'ai pas reconnu Marie car elle avait une **coiffure** différente.

我沒有認出 Marie，因為她的髮型梳得不一樣。

説明：動詞 coiffer、名詞 coiffure

❹ **Décrivez** votre maison.

= Faites la **description** de votre maison.

請描述您的房子。

説明：動詞 décrire、名詞 description

❺ **Protéger** la nature est une chose importante.

= La **protection** de la nature est une chose importante.

保護環境是一件很重要的事情。

説明：動詞 protéger、名詞 protection

❻ Il va souvent dans les librairies car il aime **lire**.

= Il va souvent dans les librairies car il aime la **lecture**.

他經常去書店，因為他喜歡閱讀。

説明：動詞 lire、名詞 lecture

❼ Pendant le nouvel an, toute ma famille **se réunira**.

= Pendant le nouvel an, toute ma famille participera à une **réunion**.

在過年時我將與全家人聚一聚。

説明：動詞 se réunir、名詞 réunion

❽ Grâce à sa carte, il peut **séjourner** en France encore un an.

= Grâce à sa carte, il peut prolonger son **séjour** en France encore un an.

多虧他的居留證，他可以在法國繼續多留一年。

説明：動詞 séjourner、名詞 séjour

❾ Avec des caméras, on **surveille** chaque carrefour important de cette ville.

= Il y a des caméras de **surveillance** à chaque carrefour important de cette
ville.

在這個城市，每個重要的十字路口都有監視器。

説明：1. 動詞 surveiller、名詞 surveillance
2. 有時要加上一些字才能讓兩句意思完全相等。如 avec 透過

❿ On **s'inscrit** pour ce voyage organisé au plus tard le 20 mars.

= La date limite d'**inscription** pour ce voyage organisé est fixée au 20 mars.

參加這次團體旅行的報名期限到 3 月 20 日。

説明：1. 動詞 s'inscrire、名詞 inscription
2. 有時要加上一些字才能讓兩句意思完全相等。如 la date limite 期限、
au plus tard 最慢

un avion   une fusée   une montgolfière

❷ 形容詞名詞化（Base adjective）

表② 形容詞名詞化

A	✛ absurde → absurdité (f.)　✛ agressif, agressive → agressivité (f.) ✛ aimable → amabilité (f.)　✛ ambitieux, ambitieuse → ambition (f.) ✛ arrogant(e) → arrogance (f.)　✛ automnal(e) → automne (m.) ✛ autoritaire → autorité (f.)　✛ avare → avarice (f.)
B	✛ banal(e) → banalité (f.)　✛ beau, bel, belle → beauté (f.) ✛ bête → bêtise (f.)
C	✛ capable → capacité (f.)　✛ cauchemardesque → cauchemar (f.) ✛ célèbre → célébrité (f.)　✛ compétent(e) → compétence (f.) ✛ compétitif, compétitive → compétition (f.)　✛ complice → complicité (f.) ✛ content(e) → contentement (m.)　✛ courtois(e) → courtoisie (f.) ✛ curieux, curieuse → curiosité (f.)　✛ convivial(e) → convivialité (f.) ✛ créatif, créative → créativité (f.)
D	✛ dangereux, dangereuse → danger (m.)　✛ déçu(e) → déception (f.) ✛ dépendant(e) → dépendance (f.)　✛ désespéré(e) → désespoir (m.) ✛ destructeur, destructrice → destruction (f.)　✛ difficile → difficulté (f.) ✛ disponible → disponibilité (f.)　✛ distant(e) → distance (f.) ✛ divers(e) → diversité (f.)　✛ doux, douce → douceur (f.) ✛ drôle → drôlerie (f.)　✛ dynamique → dynamisme (m.)
E	✛ efficace → efficacité (f.)　✛ égal(e) → égalité (f.) ✛ égoïste → égoïsme (m.)　✛ émouvant(e) → émotion (f.) ✛ énergique, énergétique, énergisant(e) → énergie (f.) ✛ équilibré(e) → équilibre (m.)　✛ estival(e) → été (m.) ✛ étranger, étrangère → étrangeté (f.)　✛ excessif, excessive → excès (m.)
F	✛ facile → facilité (f.)　✛ faisable → faisabilité (f.) ✛ fatigué(e), fatigant(e) → fatigue (f.)　✛ fidèle → fidélité (f.) ✛ fier, fière → fierté (f.)　✛ fou, folle → folie (f.) ✛ froid(e) → froideur (f.)

G
+ généreux, généreuse → générosité (f.)
+ gentil, gentille → gentillesse (f.)

H
+ heureux, heureuse → bonheur (m.)   + hivernal(e) → hiver (m.)

I
+ imparfait(e) → imperfection (f.)   + impoli(e) → impolitesse (f.)
+ impossible → impossibilité (f.)   + infaisable → infaisabilité (f.)
+ infernal(e) → enfer (m.)   + insatisfait(e) → insatisfaction (f.)
+ inutile → inutilité (f.)

J
+ jeune → jeunesse (f.)   + joyeux, joyeuse → joie (f.)

L
+ lent(e) → lenteur (f.)

M
+ malade → maladie (f.)   + malheureux, malheureuse → malheur (m.)
+ matinal(e) → matin (m.)   + méchant(e) → méchanceté (f.)
+ mécontent(e) → mécontentement (m.)   + modeste → modestie (f.)
+ moqueur, moqueuse → moquerie (f.)

N
+ nerveux, nerveuse → nervosité (f.)   + nul, nulle → nullité (f.)

O
+ obèse → obésité (f.)   + objectif, objective → objectivité (f.)
+ original(e) → originalité (f.)

P
+ paradisiaque → paradis (m.)   + parfait(e) → perfection (f.)
+ passionnant(e) → passion (f.)   + patient(e) → patience (f.)
+ pauvre → pauvreté (f.)   + périmé(e) → péremption (f.)
+ poli(e) → politesse (f.)   + ponctuel, ponctuelle → ponctualité (f.)
+ populaire → popularité (f.)   + possible → possibilité (f.)
+ printanier, printanière → printemps (m.)

R
+ rapide → rapidité (f.)   + régulier, régulière → régularité (f.)
+ responsable → responsabilité (f.)   + riche → richesse (f.)
+ rigoureux, rigoureuse → rigueur (f.)   + rusé(e) → ruse (f.)

S
+ salé(e) → sel (m.)   + satisfait(e) → satisfaction (f.)
+ sec, sèche → sécheresse (f.)   + serviable → serviabilité (f.)
+ similaire → similarité (f.)   + solitaire → solitude (f.)
+ sucré(e) → sucre (m.)

La nominalisation 名詞化之表達方式

Leçon
1

13

T	+ timide → timidité (f.)　　+ tolérant(e) → tolérance (f.) + travailleur, travailleuse → travail (m.)
U	+ utile → utilité (f.)
V	+ varié(e) → variété (f.)　　+ vieux, vieil, vieille → vieillesse (f.) + vigilant(e) → vigilance (f.)

＊ Exemples　例句

❶ Elle craint d'être **seule**.

= Elle craint la **solitude**.

她害怕獨處。

説明：1. 形容詞 seule、名詞 solitude

　　　2. 該句的形容詞名詞化很簡單。

❷ Elle rit et pleure souvent : elle est très **émotive** !

= Elle rit et pleure souvent : quelle **émotivité** !

她經常哭笑：她是一個很有感情的人！

説明：1. 形容詞 émotive、名詞 émotivité

　　　2. 有時要加上一些字才能讓兩句意思完全相等，

　　　　例如 très + adjectif = quelle +nom + point d'exclamation

❸ Elle aime aider les autres : elle est très **serviable** !

= Elle aime aider les autres : quelle **serviabilité** !

她喜歡幫助別人：她非常地熱心服務！

説明：1. 形容詞 serviable、名詞 serviabilité

　　　2. 請參考例句 2 之説明。

❹ La France et Taiwan ne sont pas très **similaires**.

= Il n'y a pas beaucoup de **similarités** entre la France et Taiwan.

法國和臺灣是兩個不是很相似的國家。

説明：形容詞 similaire、名詞 similarité

❺ Il faut travailler de façon **rigoureuse** pour les choses importantes.

= Il faut travailler avec **rigueur** pour les choses importantes.

對重要的事情，必須要嚴謹地去處理。

> 説明：1. 形容詞 rigoureuse 、名詞 rigueur 。
>
> 　　　2. 有時要加上一些字才能讓兩句意思完全相等，
>
> 　　　　例如 nom + adjectif = verbe + avec + nom

❻ Ma collègue est rapide. Elle ne peut pas travailler avec moi car je suis **lente**.

= Ma collègue est rapide. Elle ne peut pas travailler avec moi en raison de ma **lenteur**.

我的女同事動作很快。她不能跟我一起工作，因為我的動作很慢。

> 説明：1. 形容詞 lente、名詞 lenteur
>
> 　　　2. 該句的形容詞名詞化很簡單，因為都用表達原因的介係詞短語 car = en raison de

❼ Quand on est triste, il ne faut pas être **désespéré** car on peut toujours trouver une solution.

= Quand on est triste, il ne faut pas avoir de **désespoir** car on peut toujours trouver une solution.

當我們難過的時候不應該灰心失望，因為我們總是能夠找到一個解決的辦法。

> 説明：1. 形容詞 désespéré、名詞 désespoir
>
> 　　　2. 該句的形容詞名詞化不是很難 être + adjectif = avoir + nom

❽ Certaines personnes qui sont **malades** du cancer peuvent guérir.

= Pour certaines personnes, le cancer est une **maladie** guérissable.

某些患癌症的人是可以痊癒的。

> 説明：1. 形容詞 malades、名詞 maladie

❾ Cette ville offre des distractions très **variées**.

= Cette ville offre une grande **variété** de distractions.

這個城市提供各式各樣的休閒娛樂活動。

> 説明：1. 形容詞 variées 、名詞 variété
>
> 　　　2. 該句的形容詞名詞化不是很難 très + adjectif = grande +nom

❿ Jetons ces médicaments car ils sont **périmés**.

= Jetons ces médicaments car la date de **péremption** est dépassée.

我們丟掉這些藥品吧，因為有效期限過了。

> 説明：1. 形容詞 périmés、名詞 péremption
>
> 2. 有時要加上一些字才能讓兩句意思完全相等，因在藥品包裝上都標上日期，所以在句中加上 la date 日期、dépasser 超過。

une trottinette   une monoroue   un hoverboard

❸ 某些動詞或形容詞與名詞是同一個字

表③ 動詞或形容詞名詞化

B	＋ boire (v.) → boire (m.)
C	＋ calme (adj.) → calme (m.)
D	＋ déjeuner (v.) → déjeuner (m.)　　＋ dîner (v.) → dîner (m.) ＋ dire (v.) → dires (m.)
G	＋ goûter (v.) → goûter (m.)
M	＋ manger (v.) → manger (m.)
P	＋ pouvoir (v.) → pouvoir (m.)
R	＋ rire (v.) → rire (m.)
S	＋ savoir (v.) → savoir (m.)　　＋ sourire (v.) → sourire (m.)
V	＋ vivre (v.) → vivres (m.)

❶ Selon ce que **dit** la secrétaire, le directeur est indisponible jusqu'à jeudi.

= Selon les **dires** de la secrétaire, le directeur est indisponible jusqu'à jeudi.

根據女秘書的說法，主任到星期四都沒空。

說明：動詞 dire、名詞 dires

❷ Cette famille dépense 20% de son budget pour **manger** et **boire**.

= Cette famille dépense 20% de son budget pour le **manger** et le **boire**.

這個家庭花 20% 的預算在吃與喝兩方面。

說明：動詞 manger, boire、名詞 manger, boire

❸ Elle **sourit** rarement.

= Elle a le **sourire** rare.

她很少微笑。

說明：動詞 sourire、名詞 sourire

un vélo   un scooter   une moto

La nominalisation 名詞化之表達方式

Leçon

1

❶ La lecture est un acte de **création** permanente
(Daniel Pennac).

❷ La pauvreté du cœur ne nourrit jamais l'intelligence mais la **richesse**
développe souvent l'esprit (Jacques de Bourbon Busset).

C **Exercice**
練習

Utilisez :

- Arrestation
- Beauté
- Douceur
- Étude
- Lenteur
- Richesse
- Violence

- Arrivée
- Commencement
- Efficacité
- Fidélité
- Méchanceté
- Solitude
- Vol

- Augmentation
- Curiosité
- Efforts
- Folie
- Patience
- Utilité

① J'adore la _____ de sa voix.

② Ce sportif a perdu la course à cause de sa _____.

③ Le tremblement de terre a été d'une grande _____.

④ J'ai peur de cette personne à cause de sa _____.

⑤ J'apprécie beaucoup la _____ des chiens.

⑥ Il a épousé sa fiancée pour sa _____.

⑦ J'ai beaucoup aimé le _____ de ce film, mais pas la fin.

⑧ Dès l'_____ du président, tout le monde s'est levé.

⑨ Je m'intéresse beaucoup à l'_____ des langues étrangères.

⑩ La police a procédé à l'_____ de cinq hommes dangereux.

⑪ À cause de l'_____ du coût de la vie, il faut bien utiliser notre argent.

⑫ Il a réussi un travail difficile grâce à ses _____.

⑬ C'est beau le _____ des oiseaux sur fond de soleil couchant !

⑭ Je ne supporte pas la _____, je préfère la compagnie de mes amis !

⑮ Certains enfants aiment poser des questions. Grâce à leur _____, ils apprennent beaucoup.

⑯ Quelle est l'_____ d'étudier l'histoire du monde antique ?

Leçon

1

⑰ Cette secrétaire travaille vite et bien ; tout le monde apprécie son _____.

⑱ Pour prendre soin des personnes handicapées, il est nécessaire d'avoir une grande

_____.

D Une question simple
一個簡單的問題

Quels mots de la langue française aimez-vous ?

您喜歡哪些法文字？

un collier   un pendentif

Leçon 2

L'expression du temps

時間之表達方式

在法文裡如何表達時間的用法？事情的發生可分三種情況：

① 兩件事情同時發生 (simultanéité);
② 兩件事情中有一件比另一件早發生 (antériorité);
③ 發生在未來的事 (postériorité)。

因此就有各種不同的連接詞或介係詞表達之。試舉三例：

❶ **Simultanéité :**

Elle fait la cuisine **pendant que** son mari regarde la télévision.

她在做飯，先生在看電視。

説明：做飯與看電視兩件事情同時發生。

❷ **Antériorité :**

Dès que tu seras arrivé(e), téléphone-nous.

         1   2

你（妳）一到就打電話給我們。

説明：抵達是第一件事，打電話是第二件事。

❸ **Postériorité :**

Je t'attendrai au café **jusqu'à ce que** tu reviennes.

我在咖啡館等你（妳），一直等到你（妳）回來。

説明：等你（妳）回來是發生在未來的事情。

表達時間之用法要特別注意各種時態，包括現在、過去、未來。也要注意語式之用法，包括直陳式、虛擬式或不定式。除了上述之用法，還有哪些其他字的用法？我們將在本章逐一介紹之。為了讓學習者更瞭解表達時間中的時態用法，我們會將每句的動詞時態變化下劃線。

◉ Elle fait la cuisine **pendant que** son mari regarde la télévision.

她在做飯，先生在看電視。

◉ **Au moment où** Carole montait dans le bus, un monsieur qui descendait l'a
heurtée.

正當 Carole 上公車的時候，一位正要下車的先生撞到了她。

Leçon
2

---

1 **Quand** + indicatif = **Lorsque** + indicatif　當……

Quand 是最常用於表達時間的連接詞，用於生活用語 (langue courante)，而 lorsque 則用於典雅語言 (langue soutenue)。

兩種用法：
★第一種

兩件事情同時發生 (simultanéité)：主要子句與 quand *ou* lorsque 所引出的附屬子句之事件同時發生，因此可使用相同或不同的時態。

◉ **Quand** j'étudie seul(e), j'écoute mon MP3.（現在時，表達現在的習慣。）
當我一個人唸書時，我聽 MP3。

◉ **Lorsque** j'étudiais seul(e), j'écoutais mon MP3.（過去未完成時，表達過去的習慣。）
過去當我一個人唸書時，我聽 MP3。

◉ **Quand** il m'a vu(e), il m'a dit bonjour.（複合過去時，表達過去同時發生的事。）
當他看到了我，他就跟我打了招呼。

◉ **Lorsque** je serai en Europe, je vous enverrai des cartes postales.
（簡單未來時，表達未來發生之事。）
將來我到歐洲，我會寄明信片給您。

◉ **Quand** je faisais mes devoirs, une amie m'a téléphoné.
= **Lorsque** je faisais mes devoirs, une amie m'a téléphoné.
當我正在寫我的功課時，一位女性朋友打了電話給我。

> 說明：兩件事情同時發生時，一件正在進行的事件中，用過去未完成時 (imparfait)；
> 　　　另外一件事情發生時，則用複合過去時 (passé composé)。

★第二種

　兩件事情中，有一件事先發生於另外一件事之前 (antériorité)：Quand *ou* Lorsque 引出的附屬子句之事比主要子句早完成。

◉ **Quand** j'aurai fini ce travail, je te contacterai.
　 = **Lorsque** j'aurai fini ce travail, je te contacterai.
　　　　　　　1　　　　　　　　　　　2

我做完這件工作之後再跟你（妳）聯絡。

> 説明：未來要做的兩件事中，有一件事比另一件事早完成。因此第一件要先做完則用
> 　未來完成時 (futur antérieur)，第二件要完成的事則用簡單未來時 (futur simple)。
> 　所以，做完工作在先，聯絡對方在後。

2 **Dès que** + indicatif = **Aussitôt que** + indicatif　　一……就……

兩種用法：
★第一種

　事件立即發生 (immédiat)。與 quand 的意思有點不太一樣。

◉ **Dès que** le film est fini, tout le monde sort.
電影一結束，大家就出電影院。
> 説明：人們不會在電影院內久留。

◉ **Aussitôt que** le train est arrivé à la gare, les voyageurs sont descendus.
火車一到站，所有的旅客就下車了。
> 説明：人們不會在火車裡久留。

★第二種

　兩件事情中，有一件事先發生於另一件事之前 (antériorité)：Dès que *ou* Aussitôt que 引出的附屬子句之事比主要子句早完成。

◉ **Dès que** j'aurai fini mon travail, je passerai te voir.
　　　　　　　1　　　　　　　　　2

我一做完我的工作就過去看你（妳）。

説明：我會立刻去看你（妳）。

◉ **Aussitôt que** nous aurons reçu la réponse, nous te préviendrons.
　　　　　　　　　1　　　　　　　　　　　　2

我們一收到回覆就通知你（妳）。

説明：我們會立刻通知你（妳）。

★比較

◉ **Quand :** Quand nous serons arrivés à Rome, nous te téléphonerons.
　　　　　　　　1　　　　　　　　　　2

我們到羅馬會打電話給你（妳）。

説明：打電話之事非很急迫，不必立刻做，可等一兩天。

◉ **Dès que :** Dès que nous serons arrivés à Rome, nous te téléphonerons.
　　　　　　　　1　　　　　　　　　　2

我們一到羅馬就打電話給你（妳）。

説明：打電話之事是很急迫，不要讓對方擔心，應該立刻做的事情。

---

3 **Après que** + indicatif = **Une fois que** + indicatif
當（在）……之後

◉ **Après que** tu auras fini de* manger, débarrasse la table.
　　　　　　　1　　　　　　　　　　2

你（妳）吃過飯之後再收拾桌子。

説明：先吃過飯再收拾。

*finir de + verbe à l'infinitif 完成事情

◉ **Une fois que** le président a prononcé son discours, les journalistes lui
ont posé* des questions.

Les richesses de la grammaire française　法文文法瑰寶：自主學習進階版

總統演說之後記者就提問。

*poser une question à qqn 跟某人提出一個問題

---

4 **Pendant que** + indicatif　　當……的時候

兩件事情同時發生 (simultanéité)，強調期間 (durée)。主要子句與 pendant que 所引出的附屬子句之事件同時發生，因此可使用相同或不同的時態。

◉ **Pendant que** la mère nettoie la maison, les enfants écrivent leurs devoirs.
（現在時，現在的習慣。）

當母親清洗屋子時，孩子們寫他們的作業。

◉ **Pendant que** la mère nettoyait la maison, les enfants écrivaient leurs devoirs.
（過去未完成時，過去的習慣。）

過去當母親清洗屋子時，孩子們寫他們的作業。

◉ Hier après-midi, **pendant que** nous étions à la terrasse d'un café, nous avons rencontré un vieil ami.

昨天下午當我們正在一家露天咖啡座時，我們碰到了一位老朋友。

說明：兩件事情同時發生時，一件正在進行的事件中，用過去未完成時 (imparfait)；
　　　另外一件事情發生時，則用複合過去時 (passé composé)。

---

5 **Alors que** + indicatif = **Tandis que** + indicatif　　而；卻

表達時間，又表達對立的意思。

◉ Jacques m'a téléphoné **alors que** je dormais profondément.

Jacques 打電話給我，然而我當時正睡得很熟。

說明：Jacques 這通電話打擾了我。

◉ **Tandis que** nous nous relaxions* à la mer, notre collègue a commencé à* nous raconter ses problèmes professionnels.

我們的同事開始跟我們說他在工作上的問題，然而當時我們正在海邊放鬆。

説明：這位同事打擾到我們度假的心情。

*se relaxer 讓自己放輕鬆

*commencer à + verbe à l'infinitif 開始做一件事

un sapin de Noël   un platane   des bouleaux (m.)

---

6   **Chaque fois que** + indicatif
       = **Toutes les fois que** + indicatif   每次

表達現在或過去重複做的事情或習慣。

◉ **Chaque fois que** je vais à Hualien, je contacte mon amie. （現在時，現在的習慣。）

每次我去花蓮，我就跟我的女性朋友聯絡。

◉ Dans mon enfance, **toutes les fois que** mes grands-parents venaient chez nous, ils nous apportaient des cadeaux. （過去未完成時，過去的習慣。）

在我童年時代，每次我的祖父母來我們家的時候都會帶禮物給我們。

---

7   **Au moment où** + indicatif   正當……時候

      表達比較明確的時間。Moment 有短暫的時刻 (court) 的意思，比較常用於表達現在和過去。由 Au moment où 所引出的附屬子句的動詞正在進行時，主要子句的動詞發生了另一件事情。

⚫ **Au moment où** le chien <u>entend</u> le bruit de la clé dans la serrure, il <u>aboie</u> de joie à l'arrivée de son maître.

當狗聽到鑰匙開門的聲音時，牠因看到主人而高興吠叫。

説明：表達現在習慣

⚫ **Au moment où** Carole <u>montait</u> dans le bus, un monsieur qui descendait <u>l'a heurtée</u>*.

正當 Carole 上公車的時候，一位正要下車的先生撞到了她。

説明：兩件事情同時發生時，一件正在進行的事件中，用過去未完成時 (imparfait)；
另外一件事情發生時，則用複合過去時 (passé composé)。

*heurter qqn 撞到某人

8 **Comme** + indicatif 當⋯⋯時候

連接詞 (conjonction)，用於典雅語言 (langue soutenue)，但較少用，意思是 au moment où。Comme 所引出的附屬子句的動詞都用過去未完成時 (imparfait)。

⚫ **Comme** le spectacle de mauvaise qualité <u>touchait</u> à sa fin, les spectateurs <u>se sont mis à</u>* quitter la salle.

當那個品質不佳的節目正要結束時，觀眾就開始離開表演廳。

*se mettre à + verbe à l'infinitif 開始

⚫ **Comme** le président <u>entrait</u> dans la salle, les invités <u>se sont levés</u>.

當總統正進大廳時，所有的來賓就站起來了。

9 **Depuis que** + indicatif 自從⋯⋯以後

兩種用法：
★第一種

兩件事情同時發生 (simultanéité)：主要子句與 depuis que 所引出的附屬子句之事件同時發生，因此就使用相同的時態。

◉ **Depuis que** j'apprends le français, je comprends mieux la mentalité des Français.

自從我學習法文之後，我就更瞭解法國人的思維。

◉ **Depuis que** l'entreprise a changé d'objectif, la situation financière s'est beaucoup améliorée*.

自從公司改變了目標，經濟情況好轉了很多。

*s'améliorer 變好、好轉

★第二種

兩件事情中，有一件事先發生於另一件事之前 (antériorité)：Depuis que 引出的附屬子句之事件比主要子句早完成。

◉ **Depuis que** son entreprise a fait faillite, il reste enfermé chez lui.

自從他的公司倒閉之後，他就把自己關在家裡。

說明：公司先倒閉，之後把自己關在家裡。

◉ **Depuis que** Camille a été licenciée, elle n'a plus le moral.

自從 Camille 被解僱了，她就心情低落。

說明：先被解僱，之後心情低落。

---

10 **À mesure que** + indicatif
= **Au fur et à mesure que** + indicatif　隨著

主要子句與附屬子句的兩件事情同時發生，且事情有漸進發展的意思。如同比較級 plus...plus (愈……愈……) 之用法。

◉ **À mesure que** le temps se refroidit*, les gens se couvrent* davantage.
=**Plus** le temps se refroidit, **plus** les gens se couvrent.

隨著天氣變冷，人們穿得愈多。

*se refroidir 變冷　*se couvrir 穿衣服

Les richesses de la grammaire française　法文文法瑰寶：自主學習進階版

◉ **Au fur et à mesure que** son niveau de compétence <u>augmente</u>, son salaire <u>s'accroît</u>*.

= **Plus** son niveau de compétence augmente, **plus** son salaire s'accroît.

隨著他（她）的工作能力水準提高，他（她）的薪水也跟著增加。

*s'accroître 增加

11 Au fur et à mesure de + nom　隨著

請參考說明 10。

◉ **Au fur et à mesure de** sa recherche, il <u>progresse</u> vers la connaissance de la vérité.

隨著他的研究，他進展到真理的知識境界。

◉ **Au fur et à mesure du** temps qui passe, on <u>comprend</u> mieux certaines choses.

隨著時間的流逝，我們比較了解某些事情。

des bambous (m.)　　un saule pleureur　　un palmier

12 **Tant que** + indicatif
= **Aussi longtemps que** + indicatif 只要……就……

強調時間。兩種用法：

★第一種

◉ **Tant qu**'il fait beau, la maman laisse* les enfants jouer dans le jardin.
只要天氣好的話，媽媽就讓小孩在花園裡玩。

說明：天氣好的話就讓小孩在花園裡玩，天氣不好小孩就得進屋裡。

*laisser qqn + verbe à l'infinitif 讓某人做某事

◉ **Aussi longtemps que** tu as de la fièvre, continue de* prendre
ce médicament.
只要你（妳）還發燒，就繼續吃這種藥。

*continuer de + verbe à l'infinitif 繼續做某事

★第二種

如果附屬子句表達完成的話，主要子句與附屬子句的動詞時態就不一樣，且附屬子句是否定的意思。

◉ **Tant que** la route n'a pas été réparée, les véhicules ne pourront pas passer.
只要道路沒有修好，汽機車將不能行駛。

◉ **Aussi longtemps que** l'enfant n'a pas fini son plat de légumes, il n'aura pas de dessert.
只要孩子沒有吃完他的蔬菜，他將沒有甜點。

13 **Maintenant que** + indicatif
= **À présent que** + indicatif 現在因為

主要是表達時間，其次也表達原因。

◉ **Maintenant qu**'il a fini son service militaire, il va chercher du travail.
現在因為他服完兵役了，他將要找工作。

⊙ **À présent qu**'il possède un diplôme plus élevé, il augmente ses chances de trouver un meilleur emploi.

現在因為他有一個較高的文憑，就更能提升他找到一份比較好的工作之機會。

說明：這個文憑是現在拿到，又因為有這個文憑才能找到比較好的工作。

---

14 À peine que + indicatif　剛剛、才（一……就……）

可用於現在時與過去時，前者用於表達現在的習慣。À peine 可置於句首及句中，前者用在典雅語言（langue soutenue），當主詞的人稱代名詞與動詞的位置要互換。

⊙ Le bébé commence **à peine** à pleurer **que** sa mère va vers lui.

嬰兒一開始哭，他母親就跑過去。

⊙ **À peine** avais-je quitté ma maison **que** je me suis rappelé(e) ne pas avoir éteint le gaz.

我才剛剛離開了家就想起忘了關瓦斯。

---

15 Avant que + subjonctif　在……之前

主要子句的主詞與附屬子句的主詞是不同的。

⊙ Partons **avant qu**'il pleuve !

下雨前我們就離開！

⊙ Marchons plus vite **avant que** la poste ferme !

郵局關門前我們要走快一點！

L'expression du temps　時間之表達方式

Leçon

2

33

16 **En attendant de** + verbe à l'infinitif　直到；在……以前

等待做一件事情之前，同時也做另外一件事情。不定式的主詞與主要子句的主詞
是相同的。

● **En attendant d'**entrer dans l'avion, certains voyageurs achètent des
produits détaxés.
某些旅客在上飛機前，去買一些免稅商品。

● **En attendant de** consulter un médecin, les patients feuillettent des revues
dans la salle.
病人在看醫生之前，在等待室翻閱雜誌。

17 **En attendant** + nom　直到；在……以前

請參考說明 16。

● **En attendant** ton arrivée, j'ai pris un café.
你（妳）來之前，我喝了一杯咖啡。

● **En attendant** son retour, nous avons préparé le dîner.
他（她）回來之前，我們就準備了晚餐。

18 **En attendant que** + subjonctif　直到；在……以前

請參考說明 16。主要子句的主詞與附屬子句的主詞是不同的。

● **En attendant que** le bus vienne, les voyageurs consultent leur smartphone.
公車來之前，旅客看他們的手機。

● **En attendant que** le cours débute, les étudiants bavardent.
上課開始之前，學生們聊天。

Les richesses de la grammaire française　法文文法瑰寶：自主學習進階版

un bananier   un manguier   un papayer

19 **Jusqu'à ce que** + subjonctif　直到

此用法表達未來，限制在未來期間要做到的事情。主要子句的主詞與附屬子句的主詞是不同的。

⊙ Nous persévérons **jusqu'à ce que** nous atteignions* notre objectif.

我們將會堅持下去直到達成我們的目標。

*atteindre 達到

⊙ Je lui expliquerai mon point de vue **jusqu'à ce qu'**il (elle) comprenne.

我會跟他（她）說明我的觀點直到他（她）瞭解。

20 **D'ici** + nom = **D'ici à** + nom　從現在起到限定的時間

此副詞短語用於表達未來。

⊙ Je dois restituer ces livres à la bibliothèque au plus tard le 20 juillet, mais je pense le* faire **d'ici** cette date.

我應該最晚在 7 月 20 日把這些書還給圖書館，但是我現在就想要做此事。

説明：從現在起到 7 月 20 日，因為是限定時間

*le : pronom neutre 中性代名詞，意思是「還書之事」。

⦿ Nous espérons trouver une meilleure solution **d'ici à** la semaine prochaine.

我們希望從現在起到下週能找到一個較好的解決辦法。

説明：從現在起到下週，因為是限定時間。

---

21 **D'ici que** + subjonctif
= **D'ici à ce que** + subjonctif　從現在起到未來

強調未來期間會發生的事情。主要子句的主詞與附屬子句的主詞是不同的。

⦿ Les enfants sont encore petits. **D'ici qu'**ils <u>exercent</u> une profession, leurs parents <u>dépenseront</u> encore beaucoup d'argent pour eux.

孩子們還小。他們從現在起工作，父母親還要為他們花很多錢。

⦿ **D'ici à ce que** tu <u>reviennes</u>, nous <u>ferons</u> du lèche-vitrines dans les parages.

你（妳）回來前，我們將在附近逛櫥窗。

---

22 **Le temps de** + verbe à l'infinitif　之後

不定式的主詞與主要子句的主詞是相同的。

⦿ Je te <u>communiquerai</u> la solution, **le temps de** la trouver.
= Je te communiquerai la solution **après** l'avoir trouvée.

等我找到了解決的辦法之後，再跟你（妳）說。

⦿ Ce styliste nous <u>présentera</u> ses derniers modèles de vêtements, **le temps de** les créer.
= Ce styliste nous présentera ses derniers modèles de vêtements **après** les avoir créés.

這位服裝設計師在設計出他的服裝之後，將會為我們介紹他最近的作品。

---

23 **Le temps que** + subjonctif　直到

表達暫時性 (temporairement)。主要子句的主詞與附屬子句的主詞是不同的。

Les richesses de la grammaire française 法文文法瑰寶：自主學習進階版

◉ Le restaurant <u>demeure</u> fermé **le temps que** les travaux <u>soient finis</u>.

= Le restaurant demeure fermé **jusqu'à ce que** les travaux soient finis.

餐廳在施工期間暫停營業。

説明：工程進行只是暫時性的事情。

◉ Nous <u>utilisons</u> le ventilateur **le temps que** le climatiseur <u>soit réparé</u>.

= Nous utilisons le ventilateur **jusqu'à ce que** le climatiseur soit réparé.

冷氣修理期間我們就用電風扇。

説明：修理冷氣只是暫時性的事情。

24 **À partir de** + nom 從現在開始

◉ Cette compagnie <u>va déménager</u>. Elle <u>sera installée</u> à l'adresse suivante **à partir du** 10 janvier.

這家公司將要搬家。從 1 月 10 日起公司地址如下。

◉ **À partir de** demain, cette route <u>sera ouverte</u> à la circulation.

從明天起這條道路開放汽機車行駛。

25 **Au bout de** + nom 之後

經歷過多少時間。

◉ On <u>était</u> fatigué d'attendre l'arrivée incertaine de nos amis. **Au bout d'**une heure, on <u>est parti</u> ailleurs.

我們等待那些不確定要來的朋友等得很累了。過了一個小時之後我們就離開去別的地方。

◉ C'<u>était</u> un problème compliqué ; il l'<u>a compris</u> **au bout de** trois heures de réflexion.

這是一個複雜的問題，經過 3 小時的思考之後他明白了。

| un cerisier | un pommier | un pêcher |

❶ La fatalité triomphe **dès que** l'on croit en elle
(Simone de Beauvoir).

❷ **Tant qu'**il y a de la vie, il y a de l'espoir (proverbe français).

C **Exercices**
練習

Niveau
1

Utilisez :
- **Après que** (= Une fois que)
- **Au moment où** (= Comme)
- **Chaque fois que** (= Toutes les fois que)
- **Dès que** (= Aussitôt que)
- **Quand** (= Lorsque)
- **Tant que** (= Aussi longtemps que)
- **Au bout de**
- **Avant que**
- **Depuis que**
- **Écouter** *(gérondif)*
- **Se promener** *(gérondif)*
- **Pendant que**

① _____ les terroristes allaient commettre un attentat, les policiers sont intervenus.

② _____ je regardais la télévision, soudain, le chien a aboyé.

③ Décidez _____ il soit trop tard !

④ _____ elle habite à la montagne, elle y fait souvent des randonnées.

⑤ _____ une semaine de recherches, elle a retrouvé ses affaires.

⑥ J'ai appris cette nouvelle extraordinaire _____ la radio *(gérondif)*.

⑦ Notre voyage a pris fin _____ 10 heures d'avion.

⑧ Ma sœur repassera le linge _____ je préparerai le dîner.

⑨ _____ tu m'aimes, je t'aime.

⑩ _____ il voyage à l'étranger, il me ramène de petits souvenirs.

⑪ _____ j'aurai fini mon petit déjeuner, je me changerai.

⑫ _____ le dernier voyageur montait dans le bus, le chauffeur a démarré.

⑬ _____ il fait des exercices de rééducation, il marche mieux qu'avant.

⑭ Nous avons rencontré une amie _____ à la campagne *(gérondif)*.

⑮ _____ il commence à pleuvoir, les gens sortent leur parapluie.

L'expression du temps 時間之表達方式

Leçon
2

39

Utilisez :

- **À présent que (= Maintenant que)**
- **À peine... que**
- **Alors que (= Tandis que)**
- **À mesure que (= Au fur et à mesure que)**
- **Au fur et à mesure de**
- **D'ici que (= D'ici à ce que)**
- **D'ici (= D'ici à)**
- **En attendant que**
- **En attendant**
- **Jusqu'à ce que**
- **Le temps que**
- **Le temps de**

① Je vais prendre un café _____ tu fasses ton choix.

② Je t'enverrai cette information par mail, _____ la trouver.

③ Vous recevrez les résultats de l'enquête _____ une semaine.

④ Il avait _____ terminé ce travail _____ le chef lui en a confié un autre.

⑤ _____ son talent musical augmente, il joue des morceaux de plus en plus difficiles.

⑥ Il était pressé ; _____ avait-il payé son repas _____ il est sorti du restaurant.

⑦ Le temps est beau dans votre région _____ il pleut dans la mienne.

⑧ _____ progrès de la science, certaines superstitions disparaissent.

⑨ _____ on connaît la raison de son action, on lui pardonne.

⑩ Je vais vite poster cette lettre. Pourriez-vous rester ici _____ je revienne ?

⑪ _____ le départ de l'avion, certains voyageurs font des achats.

⑫ _____ je me sens mieux, je pourrai sortir avec mes amis ce soir.

⑬ Ce doctorant présentera sa thèse, _____ la finir.

⑭ Nous vous donnerons la réponse à propos de ce poste _____ vendredi prochain.

⑮ Le trajet en train durera trois heures. _____ nous arrivions à destination, nous aurons le temps de nous reposer un peu.

D) Une question simple
一個簡單的問題

En général, avec vos amis, vous parlez surtout des choses du passé,

du présent ou du futur ?

一般而言，您跟您的朋友特別談到過去、現在還是未來的事情？

| un bracelet | des boucles d'oreilles (f.) |

Leçon 3

Le discours direct et le discours indirect

直接用語與間接用語之表達方式

在我們的生活中有時要轉述別人的話，中文與法文的轉述句有何差別？由於中文的動詞不必變化，而且時態的表達方式也不是很複雜，因此在中文的轉述句中不會太困難。反觀法文的轉述句就要注意很多層面之改變。

首先，介紹表達直接句的引導動詞 (verbes introducteurs)，最常用的就是動詞 dire（說）。當然還有其他的動詞，因數量多，在此只介紹一些如下：affirmer（肯定）、annoncer（宣布）、admettre（承認）、 avouer（承認）、constater（觀察、確認）、confier（委託）、confirmer（證實）、conseiller（勸言）、demander（要求）、se demander（自問）、déclarer（宣布）、s'exclamer（叫喊）、expliquer（說明）、faire savoir（讓人家知道）、ordonner（命令）、promettre（承諾）、proposer（提議）、questionner（質問）、recommander（推薦、叮嚀）、remarquer（察覺、看到）、répondre（回答）、savoir（知道）、suggérer（建議）等等。

其次，要了解在法文裡轉述句的各項規則，這些用法請看以下之介紹與解說。

❶ L'homme dit（男士對非洲女士說）:
《 Je vous trouve belle. 》我覺得您很漂亮。

❷ La femme（非洲女士問歐洲女士）:
《 Qu'est-ce qu'il dit ? 》他說什麼？

❸ La femme（歐洲女士回答非洲女士）:
《 Il dit qu'il vous trouve belle. 》他說您很漂亮。

❹ L'homme dit (男士對非洲女士說) :

« Voulez-vous prendre un café avec moi ? » 您要不要跟我喝一杯咖啡？

❺ La femme (非洲女士問歐洲女士) :

« Qu'est-ce qu'il demande ? » 他問什麼？

❻ La femme (歐洲女士回答非洲女士) :

« Il vous demande si vous voulez prendre un café avec lui. »
他問您要不要跟他喝一杯咖啡。

A　Explications grammaticales et exemples
文法解說與舉例

1　直接句是肯定句或是否定句
（phrase de sens positif ou phrase de sens négatif）

---

❶在間接句中需要加 que、刪除冒號 (:) (deux points) 及引號 (« ») (guillemets)。

　直接句：Il s'exclame souvent : « Je ne suis pas heureux ! »
　　　　　他時常喊說：「我不幸福！」

　間接句：Il s'exclame souvent **qu'**il n'est pas heureux.
　　　　　他時常喊說他不幸福。

❷改變當主詞的人稱代名詞 (pronoms sujets)。

　直接句：Elle annonce quelquefois : « **J'**achèterai une maison. »
　　　　　她有時宣布：「我將買一棟房子。」

　間接句：Elle annonce quelquefois qu'**elle** achètera une maison.
　　　　　她有時宣布她將買一棟房子。

Le discours direct et le discours indirect　直接用語與間接用語之表達方式

Leçon
3

45

❸改變當受詞的人稱代名詞 (pronoms compléments)。

直接句：Elle me promet rarement :

« Je **t'**apporterai* un petit souvenir après mon voyage. »

她很少答應我：「我旅行之後將帶一份小紀念品給你（妳）。」

間接句：Elle me promet rarement qu'elle **m'**apportera un petit souvenir après son voyage.

她很少答應我她旅行之後將帶一份小紀念品給我。

*apporter qqch à qqn 帶某樣東西給某人。

❹改變所有格形容詞 (adjectifs possessifs)。

直接句：Il nous dit souvent : « J'aime beaucoup **mon** chien. »

他經常跟我們說：「我很喜歡我的狗。」

間接句：Il nous dit souvent qu'il aime beaucoup **son** chien.

他經常跟我們說他很喜歡他的狗。

---

2 直接句是疑問句
(phrase de sens interrogatif)

直接句是疑問句時之規則：

❶ 答案是 Oui (是) 或 Non (不是)，在間接句中則要加 si。

❷ 主詞及動詞之位置要互換。

直接句：J'aimerais savoir : « **Aimez-vous le français ?** »

我想要知道：「你們是否喜歡法文？」

間接句：J'aimerais savoir **si** vous aimez le français.

我想要知道你們是否喜歡法文。

直接句：Elle demande parfois à son fiancé : « **Est-ce que tu m'aimes beaucoup ?** »

她有時候問她的未婚夫：「你是否很愛我？」

間接句：Elle demande parfois à son fiancé **s'**il l'aime beaucoup.

她有時候問她的未婚夫是否很愛她。

Les richesses de la grammaire française 法文文法瑰寶：自主學習進階版

3 直接句中有疑問副詞 (adverbes interrogatifs)

在間接句中不需要改變，只有主詞與動詞之位置要互換。疑問副詞如下：où, quand, comment, pourquoi, combien 等等。

直接句：Je voudrais savoir : « **Pourquoi** apprenez-vous la pâtisserie ? »
我想要知道：「為什麼您學做糕點？」

間接句：Je voudrais savoir **pourquoi** vous apprenez la pâtisserie.
我想要知道為什麼您學做糕點。

直接句：Il demande à son frère : « **Où** est mon sac à dos ? »
他問他的弟弟：「我的背包在哪兒？」

間接句：Il demande à son frère **où** est son sac à dos.
他問他的弟弟他的背包在哪兒。

直接句：Elle me demande : « **Comment** vas-tu ? »
她問我：「你（妳）好嗎？」

間接句：Elle me demande **comment** je vais.
她問我好嗎。

直接句：Il veut savoir : « **Quand** irez-vous tous aux États-Unis ? »
他想要知道：「你們所有的人將什麼時候去美國？」

間接句：Il veut savoir **quand** nous irons tous aux États-Unis.
他想要知道我們所有的人將什麼時候去美國。

4 直接句是疑問形容詞 (adjectifs interrogatifs)

在間接句中不需要改變，只有主詞與動詞之位置要互換。疑問形容詞如下：quel, quelle, quels, quelles。

直接句：Elle demande : « **Quelle** heure est-il ? »

她問：「現在幾點？」

間接句：Elle demande **quelle** heure il est.

她問現在幾點。

直接句：J'aimerais savoir : « **Quelles** mesures doit-on prendre contre le diabète ? »

我想要知道：「我們應該採取什麼措施以對抗糖尿病？」

間接句：J'aimerais savoir **quelles** mesures on doit prendre contre le diabète.

我想要知道我們應該採取什麼措施以對抗糖尿病。

5 直接句中有疑問代名詞 (pronoms interrogatifs)

在間接句中不需要改變。疑問代名詞如下：lequel, laquelle, lesquels, lesquelles。

直接句：Ma sœur demande à la vendeuse :
　　　　« **Laquelle** de ces jupes va avec mon chemisier ? »

我的妹妹問女店員：「在這些裙子中，哪一件搭配我的襯衫？」

間接句：Ma sœur demande à la vendeuse **laquelle** de ces jupes va avec son chemisier.

我的妹妹問女店員哪一件裙子搭配她的襯衫。

直接句：Le professeur demande aux étudiants :
　　　　« **Lequel** de ces exercices vous semble difficile ?

老師問學生們：「在這些練習中，你們覺得哪一個困難？」

間接句：Le professeur demande aux étudiants **lequel** de ces exercices leur semble difficile.

老師問學生們在這些練習中他們覺得哪一個困難。

| une goyave | une mangue | une pastèque |

> **6** 直接句中有表達人物的疑問代名詞
> (pronoms interrogatifs : qui)

在間接句中不需要改變。

直接句：Il demande à sa femme : « **Qui** viendra dîner ce soir ? »
　　　　他問他的太太：「今晚誰來吃晚飯？」

間接句：Il demande à sa femme **qui** viendra dîner ce soir. (qui 當主詞)
　　　　他問他的太太今晚誰來吃晚飯。

直接句：Son mari lui demande : « **Qui** invites-tu pour ton anniversaire ? »
　　　　她的先生問她：「妳請誰來參加妳的慶生會？」

間接句：Son mari lui demande **qui** elle invite pour son anniversaire. (qui 當受詞)
　　　　她的先生問她請誰來參加她的慶生會。

直接句：Elle veut savoir : « À **qui** penses*-tu ? »
　　　　她想要知道：「你（妳）正在想誰？」

間接句：Elle veut savoir à **qui** il (elle) pense.
　　　　她想要知道他（她）正在想誰。

　　　　*penser à qqn 想念某人

直接句：Il demande à sa collègue : « D'habitude, avec **qui** déjeunes*-tu ? »

他問他的女同事：「妳平常跟誰吃午飯？」

間接句：Il demande à sa collègue d'habitude avec **qui** elle déjeune.

他問他的女同事她平常跟誰吃午飯。

*déjeuner avec qqn 與某人用中餐

表① 表達人物的疑問代名詞 (qui)，從直接句改成間接句之規則

discours direct 直接用語		discours indirect 間接用語
personnes (人)		
qui ou **qui est-ce qui**	→	**qui** (主詞)
qui ou **qui est-ce que**	→	**qui** (受詞)
préposition (介係詞) + **qui**	→	préposition (介係詞) + **qui**

7 直接句中有表達事情的疑問代名詞
(pronoms interrogatifs : qui, que)

在間接句中需要改變，加一個中性的代名詞 (pronom neutre) ce。

直接句：Je lui demande : « **Que** veux-tu ? »

我問他（她）：「你（妳）要什麼？」

間接句：Je lui demande **ce qu'**il (elle) veut.

我問他（她）要什麼。

直接句：Il se demande : « **Qu'est-ce que** c'est ? »

他自問：「這是什麼？」

間接句：Il se demande **ce que** c'est.

他自問這是什麼。

直接句：Elle cherche à savoir : « **Qu'est-ce qui** s'est passé * ? »

她試圖想要知道：「發生了什麼事情？」

間接句：Elle cherche à savoir **ce qui** s'est passé.

她試圖想要知道發生了什麼事情。

*se passer 發生

Les richesses de la grammaire française 法文文法瑰寶：自主學習進階版

直接句：Je lui demande : « **Que** ferez-vous quand vous aurez fini vos études ? »
我問他（她）：「您完成學業之後將要做什麼？」

間接句：Je lui demande **ce qu'**il (elle) fera quand il (elle) aura fini ses études.
我問他（她）完成學業之後將要做什麼。

表②　表達事情的疑問代名詞 (qui、que)，從直接句改成間接句之規則

discours direct 直接用語	discours indirect 間接用語
choses (事情)	
que ou **qu'est-ce qui**　→	**ce qui**
que ou **qu'est-ce que**　→	**ce que**

8　直接句中有表達事情的疑問代名詞
(pronom interrogatif : quoi)

在間接句中不需要改變，換句話說要保留 quoi 及介係詞，但主詞及動詞之位置要互換。

直接句：Il me demande : « À **quoi** penses*-tu ? »
他問我：「你（妳）正在想什麼？」

間接句：Il me demande à **quoi** je pense.
他問我正在想什麼。

*penser à qqch 想到某事

直接句：Il nous demande avec curiosité : « De **quoi** parlez*-vous ? »
他好奇地問我們：「你們正在談論什麼？」

間接句：Il nous demande avec curiosité de **quoi** nous parlons.
他好奇地問我們正在談論什麼。

*parler de qqch 談論到某事

表③　表達事情的疑問代名詞 (quoi)，從直接句改成間接句之規則

discours direct 直接用語	discours indirect 間接用語
préposition (介係詞) + **quoi**　→	préposition (介係詞) + **quoi**

| un kiwi | un ananas | un letchi |

---

9 直接句與說話語式 (modes) 和動詞時態 (temps) 之關係

❶直接句是虛擬語式 (subjonctif) 時，間接句不變。

直接句：Elle m'a dit : « Il faut que tu **ailles** chez le dentiste. »
她跟我說過：「你（妳）應該去看牙醫。」

間接句：Elle m'a dit qu'il fallait que j'**aille*** chez le dentiste. »
她跟我說過我應該去看牙醫。

*本來應該要用虛擬式的未完成過去時 (subjonctif imparfait) j'allasse 才符合過去時之用法。
但是虛擬式的未完成過去時 (subjonctif imparfait) 及愈過去時 (subjonctif plus-que-parfait)
都用於文學作品裡，而不用於現代生活對話中。所以目前之用法如下：
★虛擬式的現在時 (subjonctif présent) 取代虛擬式的未完成過去時 (subjonctif imparfait)
★虛擬式的過去時 (subjonctif passé) 取代虛擬式愈過去時 (subjonctif plus-que-parfait)

❷直接句是條件語式 (conditionnel) 時，間接句不變。

直接句：Elle nous a dit :
« Il **vaudrait** mieux porter un masque en cas de pollution. »
她跟我們說過：「萬一空氣污染最好戴口罩。」

間接句：Elle nous a dit qu'il **vaudrait** mieux porter un masque en cas de pollution.
她跟我們說過萬一空氣污染最好戴口罩。

❸★ 例外：直接句是祈使式 (impératif) 時，間接句中則要加一個介係詞 de，再接不定式動詞 (verbe à l'infinitif)。事實上，介係詞 de 之出現與動詞結構 (construction verbale) 有關係，學習者一定要熟記動詞結構。

直接句：Le patron nous a dit : « **Venez !** »
老闆要求我們：「來吧！」

間接句：Le patron nous a dit **de venir**.
老闆要求我們來。
(dire à qqn de + verbe à l'infinitif 要求某人做某事)

直接句：Le père a ordonné aux enfants : « **Soyez** polis ! »
父親命令兒子：「要有禮貌！」

間接句：Le père a ordonné aux enfants **d'être** polis.
父親命令兒子要有禮貌。
(ordonner à qqn de + verbe à l'infinitif 命令某人做某事)

直接句：Elle m'a conseillé : « Ne **te lève** pas tard ! »
她勸了我：「不要晚起床！」

間接句：Elle m'a conseillé **de** ne pas **me lever** tard.
她勸了我不要晚起床。
(conseiller à qqn de + verbe à l'infinitif 勸說某人做某事)

直接句：Le serveur nous a recommandé : « **Goûtez** ce plat-là. »
男服務生推薦我們：「品嚐那道菜！」

間接句：Le serveur nous a recommandé **de goûter** ce plat-là.
男服務生推薦我們品嚐那道菜。
(recommander à qqn de + verbe à l'infinitif 推薦某人做某事)

直接句：Je lui ai suggéré : « **Renonce** à* ce projet risqué. »
我建議他（她）：「放棄這個有風險的計畫！」

間接句：Je lui ai suggéré **de renoncer** à ce projet risqué.
我建議他（她）放棄這個有風險的計畫。

*renoncer à qqch 放棄某事情

❹直接句的引導動詞是過去時 (包括 le passé composé, l'imparfait, le plus-que-parfait, le passé simple)，間接句的動詞時態 (temps) 就要改變。參考以下的規則：

表④　直接句的引導動詞是過去時，間接句的動詞時態改變之規則

discours direct 直接用語	discours indirect 間接用語
présent →	imparfait
passé composé →	plus-que-parfait
futur proche →	imparfait du verbe *aller* + verbe à l'infinitif
futur simple →	conditionnel présent (futur dans le passé)
futur antérieur →	conditionnel passé (futur antérieur dans le passé)
passé récent →	imparfait du verbe *venir de* + verbe à l'infinitif
conditionnel présent →	conditionnel présent
conditionnel passé →	conditionnel passé

直接句：Il m'a dit : « J'**habite** à Paris. » (présent)
　　　　他跟我說過：「我住在巴黎。」

間接句：Il m'a dit qu'il **habitait** à Paris. (imparfait)
　　　　他跟我說過他那時住在巴黎。

直接句：Il m'a dit : « J'**ai habité** à Paris. » (passé composé)
　　　　他跟我說過：「我住過巴黎。」

間接句：Il m'a dit qu'il **avait habité** à Paris. (plus-que-parfait)
　　　　他跟我說過他之前住過巴黎。

直接句：Il m'a dit : « J'**habiterai** à Paris. » (futur simple)
　　　　他跟我說過：「我將住巴黎。」

間接句：Il m'a dit qu'il **habiterait** à Paris. (conditionnel présent)
　　　　他跟我說過他將住巴黎。

直接句：Il nous a demandé : « Pourquoi **irez**-vous en France ? » (futur simple)
　　　　他問我們：「為什麼你們將去法國？」

間接句：Il nous a demandé pourquoi nous **irions** en France. (conditionnel présent)
　　　　他問我們為什麼我們將去法國。

直接句：Elle m'a demandé : « **As-tu passé** une bonne soirée ? » (passé composé)
她問我：「你（妳）是否過了一個美好的夜晚？」

間接句：Elle m'a demandé si j'**avais passé** une bonne soirée. (plus-que-parfait)
她問我是否過了一個美好的夜晚。

直接句：Elles nous ont dit : « Nous **nous sommes levées** tard. » (passé composé)
她們跟我們說：「我們晚起床了。」

間接句：Elles nous ont dit qu'elles **s'étaient levées** tard. (plus-que-parfait)
她們跟我們說之前她們晚起床了。

直接句：Je lui ai demandé : « Où **travaille** votre frère ? » (présent)
我問過他（她）：「您的兄弟在哪兒工作？」

間接句：Je lui ai demandé où son frère **travaillait**. (imparfait)
我問過他（她）他（她）的兄弟在哪兒工作。

直接句：Sabine nous a annoncé : « Je **vais me marier**. » (futur proche)
Sabine 跟我們宣布：「我將結婚。」

間接句：Sabine nous a annoncé qu'elle **allait se marier**.
Sabine 跟我們宣布她將結婚。

直接句：Il a dit à sa mère : « Je **viens de** réussir mon permis de conduire. »
(passé récent)
他跟他的母親說：「我剛剛通過我的駕照考試。」

間接句：Il a dit à sa mère qu'il **venait de** réussir son permis de conduire.
他跟他的母親說他剛剛通過他的駕照考試。

直接句：Elle a dit : « Je **voudrais** faire la sieste. » (conditionnel présent)
她說：「我想要睡午覺。」

間接句：Elle a dit qu'elle **voudrait** faire la sieste.(conditionnel présent)
她說她想要睡午覺。

直接句：Benjamin m'a répondu : « Je n'**aurais** pas **dû** accepter cette proposition. »
(conditionnel passé)

Benjamin 回答我：「我原本不應該接受這項提議。」

間接句：Benjamin m'a répondu qu'il n'**aurait** pas **dû** accepter cette proposition.
(conditionnel passé)

Benjamin 回答我他原本不應該接受這項提議。

❺直接句的引導動詞是過去時 (包括 le passé composé, l'imparfait, le plus-que-parfait, le passé simple)，間接句的時間用語 (expressions de temps) 就要改變。請參考以下的規則：

表⑤ 直接句的引導動詞是過去時，間接句的時間用語改變之規則

discours direct 直接用語	discours indirect 間接用語
aujourd'hui 今天	→ ce jour-là 那天
ce matin 今早	→ ce matin-là 那早
ce soir 今晚	→ ce soir-là 那晚
en ce moment 目前	→ à ce moment -là 那時
ce mois-ci 這個月	→ ce mois-là 那個月
hier 昨天	→ la veille 前一天
hier soir 昨晚	→ la veille au soir 前一晚
avant-hier 前天	→ l'avant-veille 大前天
samedi prochain 下週六	→ le samedi suivant le samedi d'après 下週六
samedi dernier 上週六	→ le samedi précédent le samedi d'avant 上週六
il y a deux jours 兩天前	→ deux jours plus tôt = deux jours avant 前兩天
demain (matin, soir) 明天（早上、晚上）	→ le lendemain (matin, soir) 翌日（早上、晚上）
après-demain 後天 = dans deux jours 兩天後	→ le surlendemain 大後天 = deux jours plus tard = deux jours après 兩天後

Les richesses de la grammaire française 法文文法瑰寶：自主學習進階版

直接句：Le mois dernier, Cédric a dit à Louise :
« **Hier**, j'ai eu un accident de voiture. »

上個月 Cédric 跟 Louise 說：「我昨天出了車禍。」

間接句：Le mois dernier, Cédric a dit à Louise que **la veille**, il avait eu un accident de voiture.

上個月 Cédric 跟 Louise 說他前一天出了車禍。

直接句：Le mois dernier, Daniel a promis à Annie :
« **Demain**, je t'inviterai au restaurant. »

上個月 Daniel 答應 Annie：「我明天請妳去餐廳吃飯。」

間接句：Le mois dernier, Daniel a promis à Annie que **le lendemain**, il l'inviterait* au restaurant.

上個月 Daniel 答應 Annie 翌日他請她去餐廳吃飯。

*inviter qqn à qqpart 邀請某人去某地

★特殊情況：在直接句中，如果說話者是在今天轉述今天或未來要發生的事情時，間接句的時間用語不必改變。

直接句：Aujourd'hui, Elsa m'a dit : « **Aujourd'hui**, j'irai à Kaohsiung. »
Elsa 今天跟我說：「我今天將去高雄。」

間接句：Aujourd'hui, Elsa m'a dit qu'**aujourd'hui**, elle irait à Kaohsiung.
Elsa 今天跟我說她今天將去高雄。

說明：直接句的時間用語是 aujourd'hui，因此間接句的時間用語 aujourd'hui 就不必改變。
但是人稱代名詞及動詞都要改變。請參考前面的解說 p. 45, 54。

直接句：Ce matin, David m'a dit : « **Ce soir**, je partirai à Taichung. »
David 今天早上跟我說：「我今晚將出發前往台中。」

間接句：Ce matin, David m'a dit que **ce soir**, il partirait à Taichung. »
David 今天早上跟我說他今晚將出發前往台中。

說明：參考以上的解說。

Leçon

3

直接句：Aujourd'hui, Sophie m'a dit : « **Demain**, je me rendrai* à Tainan. »
Sophie 今天跟我說：「我明天去台南。」

間接句：Aujourd'hui, Sophie m'a dit que **demain**, elle se rendrait à Tainan.
Sophie 今天跟我說她明天去台南。

*se rendre à qqpart 前往某個地方

說明：參考以上的解說。

une cerise   un avocat   une papaye

B) Citations
名言

❶ On **se demande** parfois si la vie a un sens... Et puis on rencontre des êtres qui donnent un sens à la vie (Brassaï).

❷ Je **déclare** qu'après tout, il n'y a pas de plaisir qui vaille la lecture ! (Jane Austen).

Exercices
練習

Verbes à l'impératif

① Il m'a ordonné : « Partez. »

_____

② Je lui ai demandé : « Attends-nous. »

_____

③ Il m'a commandé : « Ne me dérangez pas. »

_____

④ Le directeur nous a dit : « Soyez à l'heure. »

_____

⑤ J'ai dit à Jean-Luc : « Aide-moi. »

_____

⑥ J'ai conseillé à mes amis : « Ne sortez pas pendant le typhon. »

_____

Verbes au présent

① Le père dit souvent à ses enfants : « Nous irons à Disneyland. »

_____

② Mon voisin déclare parfois : « J'aime beaucoup notre quartier. »

_____

Leçon

3

③ Eric ne dit jamais à sa femme : « Tu es la prunelle de mes yeux. »

_____

④ La mère affirme à ses deux enfants : « Vous êtes mes trésors. »

_____

⑤ La maîtresse de maison demande toujours à ses invités : « Que voulez-vous boire ? »

_____

⑥ Au restaurant, le garçon demande aux clients : « Quels plats choisissez-vous ? »

_____

⑦ Chaque fois que Sylvie m'invite chez elle, elle veut savoir :
« Comment trouves-tu ma cuisine ? »

_____

⑧ Sonia demande de temps en temps à son mari : « M'aimes-tu plus que tout ? »

_____

Verbes au passé

① Paul m'a dit : « Je suis ingénieur. »

_____

② Sylvie m'a dit : « Je connais Fabienne. »

_____

③ Nicolas m'a dit : « Je me suis égaré. »

_____

④ Luc m'a dit : « Je travaillerai à Taichung. »

_____

⑤ Mes amis m'ont dit : « Nous nous sommes promenés à la mer. »

_____

⑥ Elle voulait savoir : « Connais-tu Bruno ? »

_____

⑦ J'ai demandé à Jean-Pierre : « Veux-tu aller au café avec moi ? »

_____

⑧ Lisa a voulu savoir : « Où allez-vous ? »

_____

⑨ Roger a demandé à Jules : « Qui est ton meilleur ami ? »

_____

⑩ Il m'a demandé : « Comprenez-vous ce que je dis ? »

_____

⑪ Valentine nous a dit : « J'aurais pu vous aider. »

_____

⑫ J'ai demandé à Paul : « Aimez-vous la cuisine taiwanaise ? »

_____

⑬ Le directeur m'a demandé : « Quel est votre nom ? »

_____

⑭ J'ai demandé à mon voisin : « Pourquoi êtes-vous triste ? »

_____

⑮ J'ai demandé à mon amie : « Quand voyagerez-vous au Japon ? »

_____

⑯ Elle m'a demandé : « Combien de frères avez-vous ? »

_____

⑰ Je lui ai demandé : « Qu'avez-vous fait hier ? »

_____

⑱ Ils nous ont dit : « Nous venons de déjeuner. »

_____

⑲ Emma m'a confié : « J'aimerais avoir un tatouage. »

_____

Verbes au passé et indicateurs temporels

① Le mois passé, j'ai déclaré à Alain : « Nous voyagerons en France demain. »

_____

② Le mois dernier, elle m'a fait savoir : « Mardi prochain, j'irai à une exposition. »

_____

③ Le mois passé, j'ai dit à Sophie : « J'ai acheté ce vêtement la semaine dernière. »

_____

④ Le mois passé, ils nous ont affirmé :
   « Nous avons résolu notre problème il y a trois jours. »

_____

⑤ La semaine passée, elle m'a confié : « En ce moment, je suis très fatiguée. »

_____

⑥ Je lui ai dit : « Hier, j'ai rencontré Luc. »

_____

Les richesses de la grammaire française 法文文法瑰寶：自主學習進階版

⑦ Paul m'a dit : « Avant-hier, J'ai perdu mon sac. »

_____

⑧ Julie a dit à Emma : « Aujourd'hui, c'est mon anniversaire. »

_____

⑨ La semaine dernière, Simon a annoncé à Anne-Laure :
« Lundi dernier, j'ai rencontré Tom. »

_____

⑩ La semaine dernière, le père a promis à ses enfants :
« Nous visiterons le zoo dans deux jours. »

_____

⑪ Le mois passé, mon amie m'a dit : « Après-demain, je finirai mon projet. »

_____

⑫ Samuel m'a dit : « Ce matin, je me suis levé tard. »

_____

⑬ Le mois passé, nous avons dit à Tom :
« Ce soir, nous dînerons dans un excellent restaurant.

_____

⑭ L'année passée, mon amie m'a confié :
« Ce mois-ci, j'ai beaucoup de choses à faire. »

_____

⑮ Le mois dernier, mes amis m'ont annoncé : « Nous déménagerons après-demain. »

_____

⑯ La semaine dernière, elle m'a dit : « Je louerai une voiture la semaine prochaine. »

_____

Leçon

3

D) Une question simple
一個簡單的問題

Racontez-vous souvent à vos amis les conversations intéressantes que vous avez eues avec d'autres personnes ?

您是否經常跟您的朋友們敘述您跟其他的人一些有趣的話題？

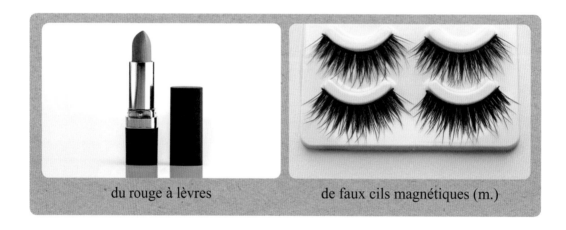

du rouge à lèvres   de faux cils magnétiques (m.)

Les richesses de la grammaire française 法文文法瑰寶：自主學習進階版

64

10
9
8
7
6
5
4
3
2
1

Leçon 4

Le gérondif

副動詞之表達方式

副動詞的動詞如何變化？困難嗎？不難。只要熟背直陳式現在時第一人稱複數即可，再將字尾改成現在分詞 -ant，最後在現在分詞前面加上介係詞 en，請看下面的表格。因為動詞很多，所以在本章只舉出七個字。

副動詞的動詞變化

原形動詞	直陳式現在時 第一人稱複數	現在分詞	副動詞 （介係詞 en + 現在分詞）
1. parler	Nous parl**ons**	parl**ant**	**en parlant**
2. manger	Nous mang**eons**	mange**ant**	**en mangeant**
3. se lever	Nous nous lev**ons**	nous lev**ant**	**en nous levant**
4. finir	Nous finiss**ons**	finiss**ant**	**en finissant**
5. choisir	Nous choisiss**ons**	choisiss**ant**	**en choisissant**
6. faire	Nous fais**ons**	fais**ant**	**en faisant**
7. dire	Nous dis**ons**	dis**ant**	**en disant**

為什麼要用副動詞？它扮演什麼角色？它扮演狀況補語 (complément circonstanciel) 的角色，表達時間、原因、方法、條件與對立的子句。換句話說，副動詞可取代附屬子句，用法簡潔。不僅可用於書寫也可用於口語，尤其常用於平日生活情境裡。在此試舉三例，供學習者參考，其他之用法則在後面陸續介紹。

❶ J'aime étudier **en écoutant** de la musique.

主要子句　　　附屬子句

= J'aime étudier **et j'écoute** de la musique **en même temps**.
我喜歡一邊學習一邊聽音樂。

❷ **En mangeant** dans ce restaurant, j'ai découvert de nouveaux plats.

附屬子句　　　　　　　　　主要子句

= **Quand j'ai mangé** dans ce restaurant, j'ai découvert de nouveaux plats.
我在這家餐廳吃飯時發現一些新的菜色。

❸ **En conduisant** prudemment, vous n'aurez pas d'accident.

附屬子句　　　　　　　　　　　　主要子句

= **Si vous conduisez** prudemment, vous n'aurez pas d'accident.

假如您小心開車的話，您就不會發生車禍。

◉ Certaines personnes mangent **en regardant** leur portable.

某些人一邊吃東西一邊看他們的手機。

◉ Cet homme roule **en consultant** son smartphone.

這個男人一邊開車一邊看他的手機。

A **Explications grammaticales et exemples**
文法解說與舉例

1 En + participe présent (simple simultanéité)
表達時間

副動詞的主詞與主要子句的主詞是相同的。此用法在中文裡有兩種解釋：

➡ 副動詞與主要子句的動詞之動作同時發生，表達「一邊……一邊……」的意思。

◉ Certaines personnes mangent **en regardant** leur portable.

= Certaines personnes mangent **et elles regardent** leur portable **en même temps**.

某些人一邊吃東西一邊看他們的手機。

➡ 正當在進行一件事情的時候，同時也發生另外一件事情。

◉ **En me promenant** dans le parc, j'ai rencontré par hasard un ami d'enfance.

= **Quand je me promenais** dans le parc, j'ai rencontré par hasard un ami d'enfance.

當我正在公園散步的時候，巧遇童年時代的一位男性朋友。

2 En + participe présent (cause et simultanéité)
表達原因

什麼原因？

◉ Elle s'est tordu la cheville **en glissant** dans l'escalier.

= Elle s'est tordu la cheville **parce qu'elle a glissé** dans l'escalier.

因為她在樓梯滑了一跤而扭到腳踝。

◉ Il a eu un accident **en conduisant** trop vite.

= Il a eu un accident **parce qu'il a conduit** trop vite.

因為他開車開得太快而發生了車禍。

3 **En + participe présent** (manière et simultanéité)
表達方法

（藉）用什麼方法做事？

 On découvre beaucoup de choses **en voyageant**.
= On découvre beaucoup de choses **quand on voyage**.
= On découvre beaucoup de choses **à travers le voyage**.
人們在旅行中會發覺很多事情。
人們透過旅行會發覺很多事情。

説明：此句有表達時間與方法，因此就有兩種譯文。

 Furieuse, elle est sortie **en insultant** tout le monde.
= Furieuse, elle est sortie **et elle a insulté** tout le monde **en même temps**.
她憤怒離開了且侮辱了大家。

説明：她怎麼離開？很安靜、沒説話……？都不是。她憤怒離開了。

4 **En + participe présent** (condition et simultanéité)
表達條件

如果（假如）= Si

 En travaillant tous les jours, vous ferez des progrès rapides en français.
= **Si vous travaillez** tous les jours, vous ferez des progrès rapides en français.
如果你們每天學習，你們的法文就會進步很快。

 En arrivant tôt au cinéma, on peut obtenir de bonnes places.
= **Si on arrive** tôt au cinéma, on peut obtenir de bonnes places.
假如我們早一點到電影院，我們就可以拿到好的座位。

5 **Tout + en + participe présent** (opposition et simultanéité)
表達對立

在副動詞之前得多加一個 tout 字，不同於前面四種情況。

◉ **Tout en restant** avec Vincent, elle pense à* Didier.

= Elle **reste** avec Vincent, **mais** elle pense à Didier.

雖然她和 Vincent 在一起，但她還是想著 Didier。

*penser à qqn 想念某人

◉ **Tout en** ne **s'aimant** plus, ce couple âgé refuse de* divorcer.

= Ce couple âgé ne **s'aime** plus, **mais** refuse de divorcer.

雖然這對上了年齡的夫婦已經不再相愛了，但他們還是拒絕離婚。

*refuser de + verbe à l'infinitif 拒絕做某事

une orchidée   un œillet   des brins de muguet (m.)

B Citations
名言

❶ **En vieillissant**, elle avait gagné ce qu'on pourrait appeler la beauté de la bonté (Victor Hugo).

❷ Un homme ne doit jamais rougir d'avouer qu'il a tort ; car, **en faisant** cet aveu, il prouve qu'il est plus sage aujourd'hui qu'hier (Jean-Jacques Rousseau).

C Exercices
練習

Niveau 1

Utilisez :

- Aller
- Attendre
- Boire
- Chanter
- Chercher
- Écouter
- S'exprimer
- Discuter
- Faire
- Lire
- Manger
- Nettoyer
- Penser
- Prendre
- Regarder
- Se lever
- Sourire
- Travailler
- Tomber
- Voyager

① Il a l'habitude de conduire _____.

② Elle m'a dit "bonjour" _____.

③ Elle a ri _____ cette histoire drôle.

④ Il s'est blessé _____.

⑤ J'aime bavarder avec mes amis _____ du café.

⑥ _____ à la poste, j'ai rencontré mon voisin.

⑦ La famille dîne _____ la télévision.

⑧ Ce n'est pas élégant de parler _____.

⑨ _____ avec Pierre, j'ai découvert la vérité au sujet de Georges.

⑩ Elle a pleuré _____ cette nouvelle triste.

⑪ _____ plus tôt, j'ai plus de temps pour me préparer avant de sortir.

⑫ _____ beaucoup, vous réaliserez votre projet.

⑬ _____ en Italie, j'ai rencontré des gens intéressants.

⑭ On trouve une chambre d'hôtel _____ sur Internet.

⑮ _____ un taxi, nous arriverons à l'heure au rendez-vous.

⑯ _____ souvent du sport, vous aurez une bonne santé.

⑰ _____ à son futur mariage avec Henri, elle se sent heureuse.

⑱ _____ la maison, elle déplace délicatement les objets fragiles.

⑲ _____ d'entrer en scène, le comédien se remémore ses répliques.

⑳ _____ clairement, vous éviterez les malentendus.

Utilisez :
- Comprendre
- Détester
- Être
- Préparer
- Savoir
- Travailler

① Tout _____ cette ville inintéressante, elle accepte d'y habiter.

② Tout _____ vos raisons, je ne suis pas d'accord avec votre décision.

③ Tout _____ déjà très fatiguée, elle a fini le marathon.

④ Tout _____ beaucoup, il n'arrive pas à devenir riche.

⑤ Tout _____ son examen final, il pense à ses futures vacances.

⑥ Tout _____ que c'est un projet très compliqué, il accepte de le réaliser.

Aimez-vous voyager en prenant beaucoup de photos ?

您喜歡在旅行時照很多相片嗎？

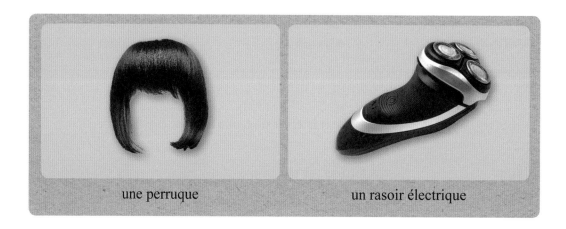

une perruque   un rasoir électrique

Leçon 5

Le participe présent

現在分詞之表達方式

分詞是一種無人稱的語式 (mode impersonnel)，相當於動詞或是形容詞的意思。其種類分兩種：現在分詞 (participe présent) 與過去分詞 (participe passé)。本書只介紹現在分詞。首先，要了解現在分詞的動詞變化，只要熟背直陳式現在時第一人稱複數即可，再將字尾從 -ons 改成 -ant，請看下面表格。因為動詞很多，所以在本章只列出七個。

表① 副動詞的動詞變化

原形動詞	直陳式現在時 第一人稱複數	現在分詞
1. regarder	nous regard**ons**	regard**ant**
2. voyager	nous voyag**eons**	voyag**eant**
3. se reposer	nous nous repos**ons**	nous repos**ant**
4. agir	nous agiss**ons**	agiss**ant**
5. vieillir	nous vieilliss**ons**	vieilliss**ant**
6. lire	nous lis**ons**	lis**ant**
7. prendre	nous pren**ons**	pren**ant**

➡ 例外三字：

être → **étant**　　　　　　avoir → **ayant**　　　　savoir → **sachant**

　　其次，我們來瞭解現在分詞之用法。現在分詞尤其是用於書寫，而不用於口語表達。在此試舉兩種主要用法，以讓學習者參考。

❶ Ce projet **passionnant** beaucoup d'élèves, ils se portent tous volontaires.
　= **Comme** ce projet **passionne** beaucoup d'élèves, ils se portent tous volontaires.
　因為很多學生熱愛這個計畫，他們都自願參與。

❷ Les personnes **ayant** un téléphone portable doivent l'éteindre avant le début du film.
　電影開演前請大家關上手機。

◉ Les manifestants **portant** des pancartes s'avançaient sur l'avenue des Champs-Élysées.

示威者舉著標語牌正往香榭麗舍大道前進。

◉ Ne **travaillant** pas le samedi, mes amies font souvent du shopping dans les grands magasins.

因為我的女性朋友們星期六都不工作，所以她們經常逛百貨公司。

Le participe présent 現在分詞之表達方式

Leçon
5

77

Explications grammaticales et exemples
文法解說與舉例

1 現在分詞表達原因

表達原因時，現在分詞式是個不變化的字。經常使用的動詞如 vouloir（想要），désirer（渴望），avoir envie de（想要），souhaiter, espérer（希望），chercher à（試著），etc.

◉ **Voulant** devenir médecin, il prépare un concours d'entrée à la faculté de médecine.

　= **Comme** il **veut** devenir médecin, il prépare un concours d'entrée à la faculté de médecine.

　因為他想當醫生，所以他準備要參加醫學院的入學考試。

◉ Ne **supportant** pas le bruit fait par ses voisins, il veut habiter dans un endroit calme.

　因為他受不了鄰居們的吵雜聲，他想住在一個安靜的地方。

2 區分現在分詞 (participe présent) 或是動詞的形容詞 (adjectif verbal)

如何分辨現在分詞 (participe présent) 或是動詞的形容詞 (adjectif verbal)？不管是哪一種，一定是從動詞演變而成的。現在分詞的字尾一定是 -ant，然而動詞的形容詞字尾則有 -ant 或 -ent。

在上述 1 我們已經說明現在分詞可以表達原因，除此之外，它也可置於關係附屬子句裡 (subordonnée relative)，字也是不能變化的。

至於動詞的形容詞因修飾名詞，所以要隨它的陰陽性變化。動詞的形容詞之中譯有時是「令人、讓人……」的意思。

由於動詞很多，無法全部列出，在此只舉出幾個字供學習者參考。

表② 現在分詞和動詞的形容詞

Verbes	Participe présent	Adjectifs verbaux
1. amuser	amusant	amusant (e)
2. communiquer	communi**qu**ant	communi**c**ant (e)
3. démoraliser	démoralisant	démoralisant (e)
4. différer	différ**a**nt	différ**e**nt (e)
5. exciter	excitant	excitant (e)
6. fatiguer	fatig**u**ant	fatig**a**nt (e)
7. négliger	néglig**ea**nt	néglig**e**nt (e)
8. passionner	passionnant	passionnant (e)
9. précéder	précéd**a**nt	précéd**e**nt (e)
10. provoquer	provo**qu**ant	provo**c**ant (e)

❹ **Participe présent** (avec le sens de la causalité) 現在分詞表達原因

　　現在分詞是個不變化的字。我們在前一頁已經看過兩個例句，現在再舉三例以讓學習者更清楚。

◉ L'approche des vacances d'été nous **excitant**, nous préparons nos bagages sans tarder.

= **Comme** l'approche des vacances nous **excite**, nous préparons nos bagages sans tarder.

因為暑假快到了讓我們很興奮，所以我們趕快準備我們的行李。

◉ Les deux produits **différant** en prix, mais pas en qualité, achetons le moins cher.

= **Comme** les deux produits **diffèrent** en prix, mais pas en qualité, achetons le moins cher.

因為那兩種產品在價錢上有差異，但在品質上都一樣，所以我們就買最便宜的。

Leçon

5

◉ Les écrans des appareils électroniques **fatiguant** les yeux, il est nécessaire de faire une pause de temps en temps.

   = **Comme** les écrans des appareils électroniques **fatiguent** les yeux, il est nécessaire de faire une pause de temps en temps.

因為電子產品的螢幕讓眼睛疲憊，所以時而休息一下是需要的。

Ⓑ Participe présent (dans une subordonnée relative)
現在分詞置於關係附屬子句裡

在這項用法裡，現在分詞還是個不變化的字。

◉ Les gens **possédant** une maison doivent payer une taxe foncière chaque année.

   = Les gens **qui possèdent** une maison doivent payer une taxe foncière chaque année.

擁有房子的人在每年都要繳地價稅。

◉ Nous cherchons un interprète **parlant** couramment le russe.

我們尋找一位說俄文說得很流利的男性口譯員。

◉ Les parents demandent une baby-sitter **aimant** beaucoup les enfants.

父母親要求一位要非常喜歡他們孩子的褓母。

Ⓒ Adjectifs verbaux 動詞的形容詞

置於名詞之後，它們隨名詞的陰陽性單複數而變化。

◉ C'est un jeu **amusant** pour tout le monde.

這是一個讓所有人覺得很好玩的遊戲。

◉ Cet aventurier célèbre nous racontera* les expériences **passionnantes** de ses voyages.

這位聞名的冒險家將要告訴我們在他的旅行中一些引人入勝的經驗。

*raconter qqch à qqn 敘述事情給某人聽

◉ Aurélie a commencé à travailler en 2015 ; l'année **précédente**, elle avait terminé ses études en Allemagne.

Aurélie 於 2015 年開始工作，之前她在德國完成學業。

un papillon   une libellule   une coccinelle

❶ Le bonheur n'**étant** pas éternel, pourquoi en serait-il autant du chagrin ou de la souffrance ? (Gilbert Sinoué).

❷ Il n'y a rien de plus beau qu'une personne **ayant eu** le cœur brisé mais **croyant** toujours à la beauté de l'amour (Anonyme).

Le participe présent   現在分詞之表達方式

Leçon
5

Exercices
練習

Niveau 1   **Participe présent**

> **Utilisez :**
> - Aimer
> - Arriver
> - Conduire
> - Connaître
> - Démoraliser
> - Désirer
> - Devenir
> - Différer
> - Être
> - Faire
> - Habiter
> - Rentrer
> - Rire
> - Savoir
> - S'exprimer
> - Vivre
> - Vouloir

① _____ obtenir un bon travail, elle étudie beaucoup à l'université.

② _____ très loin de ses amis, il ne va pas les voir.

③ _____ très bien, il n'a pas d'accident.

④ Ne _____ pas dans une ville polluée, sa santé s'améliore.

⑤ Le temps _____ de plus en plus froid, je préfère rester chez moi.

⑥ _____ beaucoup ce pianiste, elle télécharge toutes ses interprétations.

⑦ _____ voyager partout dans le monde, elle est devenue hôtesse de l'air.

⑧ Quelle coïncidence ! Je connais une personne _____ exactement comme toi !

⑨ _____ régulièrement du sport, il a une excellente santé.

⑩ _____ bien mon ami, je sais qu'il appréciera votre cadeau.

⑪ La semaine dernière, ne _____ pas comment vous contacter, je n'ai pas pu vous rendre votre argent.

⑫ Au cinéma, il y avait un groupe de jeunes _____ trop fort. J'étais mécontent(e) !

⑬ Les deux frères _____ sur le plan intellectuel, mais pas en caractère, s'entendent bien.

⑭ Cette secrétaire _____ souvent en retard, le directeur l'a renvoyée.

⑮ Le restaurant _____ plein, choisissons un autre.

⑯ Du lundi au vendredi, vers 18 heures, il y a beaucoup de gens _____ chez eux.

⑰ Ces photos sinistres me _____, j'ai perdu l'appétit.

Adjectifs verbaux

Utilisez ces adjectifs en faisant l'accord si c'est nécessaire :

- **Communicant**
- **Démoralisant**
- **Ennuyeux**
- **Fatigant**
- **Intéressant**
- **Négligent**
- **Passionnant**
- **Payant**
- **Provocant**
- **Stressant**

① Espion est une profession _____ .

② L'escalade est un sport particulièrement _____ .

③ Hier, nous avons assisté à une conférence _____ : nous avons dormi la plupart du temps.

④ La semaine dernière, j'ai trouvé quelques livres _____ sur les voyages en Afrique.

⑤ Cette nouvelle _____ m'a fait perdre le sommeil.

⑥ Nous avons réservé deux chambres _____ à l'hôtel ; comme ça c'est plus pratique.

⑦ Voici une exposition d'ordinateurs ; c'est dommage que l'entrée soit _____ .

⑧ Cet enfant n'aime pas ses parents ; il a une attitude _____ envers eux.

⑨ Cette employée était _____ envers son travail et son directeur l'a licenciée.

⑩ C'est un film _____ qui attire beaucoup de spectateurs.

Utilisez-vous plus souvent le gérondif ou le participe présent ?

您比較常用副動詞或是現在分詞？

une cravate un nœud papillon

Leçon

5

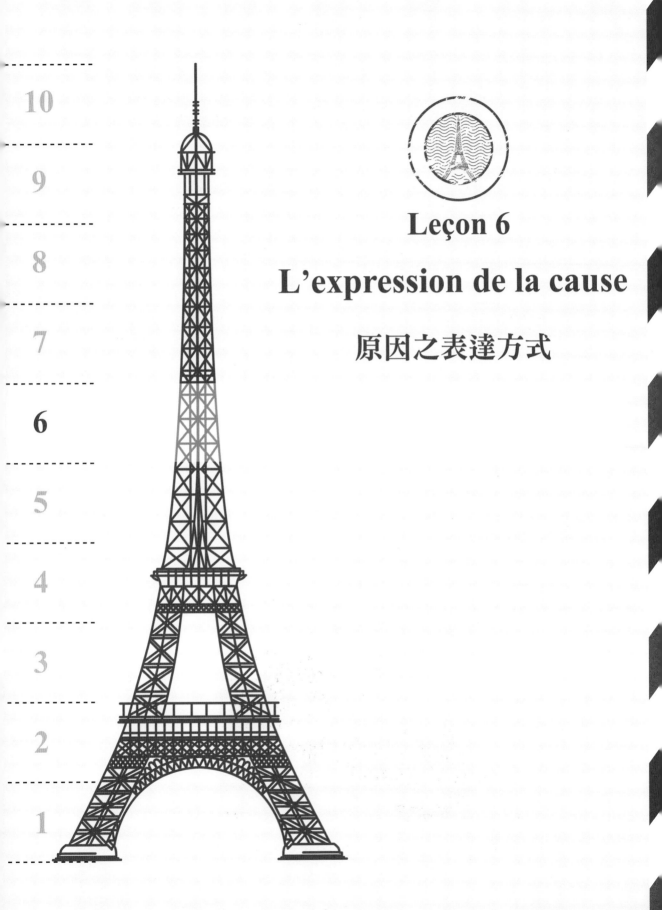

10

9

8

7

6

5

4

3

2

1

Leçon 6

L'expression de la cause

原因之表達方式

用中文來表達原因非常容易，例如「因為、由於、既然」等等。但是在法文裡要如何表達原因呢？當然可以使用不同的連接詞或介係詞等等，不過，我們要特別注意之後是接子句、名詞或不定式原形動詞。由於表達原因的方式很多，在此先茲舉四例，以讓學習者參考，其他用法則在隨後陸續介紹。

❶ Je suis un peu fatigué(e) maintenant **car** je me suis couché(e) trop tard hier soir.

proposition principale（主要子句）　　proposition subordonnée（附屬子句）

因為我昨晚太晚睡了，所以我現在有點累。

說明：連接詞 car 置於句中。

❷ **Comme** je me suis couché(e) trop tard hier soir, je suis un peu fatigué(e) maintenant.

proposition subordonnée（附屬子句）　　proposition principale（主要子句）

因為我昨晚太晚睡了，所以我現在有點累。

說明：連接詞 comme 置於句首。

❸ Elle apprend le français **pour** le plaisir.。

她因樂趣而學法文。

說明：介係詞 pour + nom。

❹ **À force de** regarder ce film, nous le comprenons mieux.

因為我們不斷地看這部電影就比較了解。

說明：介係詞短語 à force de + verbe à l'infinitif。

◉ **Étant donné** le mauvais temps, on ne fera pas de camping.

因為天氣不佳，我們將不露營。

⦿ Ils jouent au mah-jong **pour** l'argent.

他們打麻將是為了贏錢。

A **Explications grammaticales et exemples**
文法解說與舉例

1 **Parce que** + indicatif　因為

問句是 pourquoi？回答該問句就用 Parce que。 置於句中或句首皆可。

⦿ A : **Pourquoi** apprenez-vous le français ?

您為什麼學習法文？

B : J'apprends le français **parce que** je m'intéresse à la culture française.

我學習法文因為我對法國文化感興趣。

⦿ A : **Pourquoi** n'achetez-vous pas ce vêtement ?

為什麼您不買這件衣服？

B : **Parce que** ce n'est pas mon style.

因為這不是我的款式。

L'expression de la cause　原因之表達方式

Leçon
6

89

2 **Car** + indicatif = **Parce que** + indicatif　因為

一般置於句中。

◉ J'apprends le français **car** je m'intéresse à la culture française.
我學習法文因為我對法國文化感興趣。

◉ Je n'achète pas ce vêtement **car** ce n'est pas mon style.
我不買這件衣服因為這不是我的款式。

3 **Comme** + indicatif　因為

總是置於句首。

◉ **Comme** je m'intéresse à la culture française, j'apprends le français.
因為我對法國文化感興趣，所以我學習法文。

◉ **Comme** Jacques était malade, il a manqué un rendez-vous important.
因為 Jacques 生病了，所以他錯過了一個很重要的約會。

4 **Puisque** + indicatif　既然

置於句中或句首皆可，表達已經知道的原因。

◉ **Puisque** tu aimes cette confiture, je vais t'en donner quelques pots.
既然你（妳）喜歡這種果醬，我會給你（妳）幾瓶。

◉ **Puisque** vous connaissez bien Taipei, soyez mon guide.
Soyez mon guide **puisque** vous connaissez bien Taipei.
既然你們對台北熟就當我的嚮導吧！

◉ A : **Comme** Julien s'est levé trop tard, il a raté son avion.

因為 Julien 起床起得太晚了，所以他沒搭上飛機。

B : Ah bon ! Qu'est-ce qu'il a fait **puisqu'il** n'a pas pu embarquer ?

真的！ 既然他沒有上飛機，他做了什麼呢？

5 **Du moment que** + indicatif = **Puisque** + indicatif 　 既然

一般置於句首。相等於 Puisque 之用法。

◉ **Du moment qu'**il pleut trop fort, on sortira plus tard.

= **Puisqu'**il pleut trop fort, on sortira plus tard.

既然下雨下得太大，我們就晚一點出門。

◉ **Du moment que** le projet est devenu infaisable, on le laisse tomber*.

= **Puisque** le projet est devenu infaisable, on le laisse tomber.

既然計畫無法做，我們就放棄。

*laisser tomber qqch 放棄某事。

6 **En effet** + indicatif 　 因為

置於句中。在 en effet 前後加分號與逗點。

◉ J'apprends le français ; **en effet**, je m'intéresse à la culture française.

我學習法文因為我對法國文化感興趣。

◉ Je n'achète pas ce vêtement ; **en effet**, ce n'est pas mon style.

我不買這件衣服因為這不是我的風格。

比較 運用不同的原因用語表達意思相同的句子。

◉ Elle ne vient pas **parce qu'**elle est occupée.

L'expression de la cause　原因之表達方式

Leçon

6

91

◉ Elle ne vient pas **car** elle est occupée.

◉ **Comme** elle est occupée, elle ne vient pas.

◉ **Puisqu**'elle est occupée, elle ne vient pas.

◉ Elle ne vient pas ; **en effet**, elle est occupée.

◉ Elle ne vient pas **:** elle est occupée. （：用於書寫）

◉ Elle ne vient pas **;** elle est occupée. （；用於書寫）
因為她很忙，所以她不來。

une carotte	des pommes de terre (f.)	une salade

7 **Étant donné que** + indicatif = **Vu que** + indicatif
Du fait que + indicatif　因為

　　這三個用法一般都置於句首。說明無可爭論且大家都同意的理由。有科學依據也較客觀。

◉ **Étant donné que** sa vue a trop baissé, il ne conduit plus.
因為他的視力大大衰退了，所以他不再開車。

◉ **Vu que** Jacques habite loin, je vais rarement chez lui.
因為 Jacques 住得很遠，所以我很少去他家。

◉ **Du fait qu'**ils ont déjà commencé, il vaut mieux les laisser* continuer.

因為他們已經開始了，所以最好讓他們繼續下去。

*laisser qqn faire qqch 讓某人做某事

8 **Étant donné** + nom = **Vu** + nom = **Du fait de** + nom
= **Compte tenu de** + nom 因為

請參考說明 7。

◉ **Étant donné** (= **Vu** = **Du fait de** = **Compte tenu de**) l'augmentation du coût de la vie, il est difficile d'acheter un appartement.

因為物價上漲，要買一棟公寓是很困難的事情。

◉ **Étant donné** le mauvais temps, on ne fera pas de camping.
= **Vu** le mauvais temps, on ne fera pas de camping.
= **Du fait du*** mauvais temps, on ne fera pas de camping.
= **Compte tenu du*** mauvais temps, on ne fera pas de camping.

因為天氣不佳，我們將不露營。

*du 是合併冠詞 (de + le = du)

9 **Sous prétexte de** + verbe à l'infinitif 因為；以……藉口

　　Sous prétexte de 之後所表達的並非真正的原因。不定式的主詞與主要子句的主詞是相同的。

◉ Cédric m'a téléphoné **sous prétexte de** me demander* l'adresse d'un bon médecin.

Cédric 藉著要問我一個好的醫生的理由而打電話給我。

説明：其實真正的原因是他想要我幫他忙。

*demander qqch à qqn 問某人某事

◉ Il refuse de* m'aider **sous prétexte d'**être trop fatigué.

他以疲憊為理由而拒絕幫忙我。

説明：其實真正的原因是他不想幫忙。

*refuser de + verbe à l'infinitif 拒絕做某事

10 Sous prétexte de + nom　因為；以……藉口

請參考說明 9。

- Sylvie n'est pas allée à son rendez-vous **sous prétexte d'**un empêchement.
  Sylvie 以臨時有事為理由而沒有赴他的約。
  説明：其實真正的原因是她想要與她的朋友去喝咖啡。

- Elle n'a pas envie d'accompagner* sa mère au marché **sous prétexte du***
  mauvais temps.
  她以天氣不佳為理由而不想陪她母親去市場。
  説明：其實真正的原因是她不想去。
  *accompagner qqn qqpart 陪伴某人去某地
  *du 是合併冠詞 (de + le = du)

11 Sous prétexte que + indicatif　因為；以……藉口

請參考說明 9。但是主要子句與附屬子句的主詞是不相同的。

- Gabrielle n'est pas allée à son rendez-vous familial **sous prétexte que** c'était
  la semaine des examens finaux.
  Gabrielle 以期末考週為理由而不去參加家庭聚會。
  説明：其實真正的原因是她不想去。

- Elle a quitté le bureau en avance **sous prétexte que** son fils était malade.
  她以兒子生病為理由而提早離開辦公室。
  説明：其實真正的原因是她不想工作。

| des haricots verts (m.) | une courgette | une betterave |

12 **D'autant que** + indicatif = **D'autant plus que** + indicatif
= **Surtout que** + indicatif　況且

　置於句中而從不置於句首。Surtout que 用於口語法文，強調主要子句的論點。句中有兩個原因，第二個原因並非重要而只是細節，是個額外的理由。

◉ Je n'achète pas ce vêtement **d'autant que** la couleur ne me plaît pas.
　我不買這件衣服，況且我不喜歡這個顏色。

　　　第一個原因　　　　　　　　　　　　　第二個原因

◉ Il a abandonné ses études **d'autant plus que** cela ne l'intéressait plus.
　他放棄了他的學業，更何況他對唸書不再感興趣了。

　　　第一個原因　　　　　　　第二個原因

13 **Ce n'est pas que... mais** + subjonctif = **Non que... mais** + subjonctif
= **Non pas que... mais** + subjonctif　不是因為⋯⋯而是⋯⋯

　置於句首。第一個句子並非真正的理由，而第二個句子才是真正的理由。

◉ **Ce n'est pas que** je n'aime pas ce restaurant, **mais** il est situé beaucoup trop loin.
　不是因為我不喜歡這家餐廳，而是它太遠了。

　說明：餐廳太遠才是真正的理由。

⊙ **Non pas que** je vous aie menti, **mais** j'avais un problème de mémoire à ce moment-là.

不是因為我欺騙了您，而是那個時候我一時忘記了。

說明：一時忘記了才是真正的理由。

14 **Soit que… soit que** + subjonctif　因為……因為……

說明兩種可能的原因。

⊙ Paul est absent, **soit qu'**il soit malade, **soit qu'**il ait oublié* le rendez-vous.

Paul 缺席，有可能是因為他生病了，也有可能是他忘了有約。

⊙ Le chien aboie, **soit qu'**il ait vu* un chat, **soit qu'**il ait entendu* un autre chien.

那隻狗吠，有可能是牠看到了一隻貓，也有可能是牠聽到了另外一隻狗的聲音。

*qu'il ait oublié, qu'il ait vu, qu'il ait entendu 是虛擬式過去時 (subjonctif passé)

15 **À cause de** + nom
À cause de + pronom tonique (moi, toi, lui, elle, nous, vous, eux, elles)　因為

置於句首或句中皆可。說明不好的理由，說話者表達個人的不悅。

⊙ **À cause de** sa lenteur, il a perdu le match.

說明：À cause de 至於句首，強調原因。

⊙ Il a perdu le match **à cause de** sa lenteur.

說明：À cause de 至於句中，強調結果。

因為他動作太慢而輸了球賽。

⊙ **À cause de** toi, j'ai échoué.

⊙ J'ai échoué **à cause de** toi.

因為你（妳）我失敗了。

說明：請參考上句的解說。

16 **En raison de** + nom　因為

用於正式、行政用語。說話者站在客觀與中立的立場說明不好的原因，但不做任何批評。意即宣布事情發生的單純原因而不做任何的評論。

◉ **En raison des*** travaux, le musée sera fermé pour un mois.

因為施工之故，博物館將閉館一個月。

說明：解釋施工的單純原因。

*des 是合併冠詞 (= de + les)

◉ Les lignes de communications ont été coupées **en raison du*** typhon.

因為颱風之故，所有的通訊系統都中斷了。

說明：解釋颱風的單純原因。

*du 是合併冠詞 (= de + le)

比較

◉ Le mariage en plein air a été annulé **à cause de** l'orage.

因為暴風雨，使得戶外的婚禮被取消了。

說明：說話者在宣布此事時，表達個人不悦的情緒。

◉ Le mariage en plein air a été annulé **en raison de** l'orage.

因為暴風雨，使得室外的婚禮被取消了。

說明：說話者只針對天氣不佳做說明，並沒有表達個人不悦的情緒。

17 Grâce à + nom
Grâce à + pronom tonique　幸虧

置於句首或句中皆可。說明好的理由。請與說明 15 比較之。

◉ **Grâce au** beau temps, nous avons passé un bon dimanche.

說明：Grâce à 置句首，強調原因。

Leçon
6

⊙ Nous avons passé un bon dimanche **grâce au** beau temps.

説明：Grâce à 置句中，強調結果。

幸虧天氣晴朗，我們度過了一個美好的星期日。

⊙ J'ai réussi **grâce à** toi.

⊙ **Grâce à** toi, j'ai réussi

多虧你（妳），我成功了。

説明：請參考上面的解説。

du gingembre   du thym   de l'ail (m.)

18 Par suite de + nom   因為

明確的原因之後，隨即發生事件。所以跟時間相關。

⊙ **Par suite d'**un accident, il y a un embouteillage.

因為一樁車禍發生之後，出現塞車。

説明：車禍發生是個明確的原因，之後馬上發生塞車事件。

⊙ **Par suite des** intempéries, notre projet de camping est annulé.

因為惡劣的天氣，我們露營的計畫就被取消了。

説明：惡劣的天氣發生是個明確的原因，之後就取消露營的計畫。

*du 是合併冠詞 (de + le = du)

19 **Faute de** + verbe à l'infinitif passé　由於缺乏

　　如果置於句首，要加逗點，但是置於句尾則不需。說明不好的原因。不定式的主詞與主要子句的主詞是相同的。

◉ **Faute d'**avoir rendu les livres de la bibliothèque à temps, Elsa a payé une amende.
因為 Elsa 沒有按時還書給圖書館，所以她被罰款了。

◉ Ils n'ont pas pu dîner dans ce restaurant renommé **faute d'**avoir reservé une table.
因為他們沒有訂位，所以無法去這家聞名的餐廳用晚餐。

20 **Faute de** + nom　由於缺乏

　　請參考說明 19。名詞前不需加冠詞。

◉ **Faute de** temps, je ne pourrai pas vous aider.
◉ Je ne pourrai pas vous aider **faute de** temps.
由於缺乏時間，我將無法幫忙您。

◉ Elle écrit très lentement son devoir de composition **faute d'**inspiration.
◉ **Faute d'**inspiration, elle écrit très lentement son devoir de composition.
由於缺乏靈感，她寫她的作文作業寫得很慢。

21 **À force de** + verbe à l'infinitif　由於不斷地做

　　如果置於句首，要加逗點，但是置於句尾則不需。正如中譯「由於不斷地做」，表達努力重覆去做事情，說明好的原因。不定式的主詞與主要子句的主詞是相同的。

◉ Elle est devenue très riche **à force de** travailler.
因為她不斷地努力工作，所以變成富婆。

◉ **À force de** s'entraîner, il est devenu un champion.

因為他不斷地練習，所以成為一位冠軍者。

22 **À force de** + nom 由於不斷地做

請參考說明 21。名詞前不需加冠詞。

◉ **À force de** patience, ils ont résolu le problème.

因為他們非常有耐心，所以解決了那個問題。

◉ **À force d'**efforts, nous avons réussi.

因為我們不斷地努力，所以成功了。

une aubergine   des poivrons (m.)   un oignon

23 **Pour** + infinitif passé 因為

因為做了好或不好的事情。

◉ Henri a été grondé **pour** avoir maltraité son petit frère.

= Henri a été grondé **car** il avait maltraité son petit frère.

Henri 因為欺負他的小弟弟而被責備。

◉ L'enfant a reçu un cadeau **pour** avoir fait une bonne action.

= L'enfant a reçu un cadeau **car** il avait fait une bonne action.

那個孩子因為做了一件好事而收到了一份禮物。

24 **Pour** + nom（比較具體的名詞） 因為

因為做了某件不好的事情。

◉ Il est en prison **pour** vol.

= Il est en prison **car** il a volé quelque chose.

他因偷竊而入獄。

> 説明：1. 名詞前無冠詞 pour vol，表達一般性。
>
> 2. 名詞前有限定詞：
>
> Il est en prison pour un vol (一件偷竊).
>
> des vols (幾件偷竊).
>
> plusieurs vols (數件偷竊).
>
> le vol d'une voiture (一樁偷車事件).

◉ Il est en prison **pour** crime.

= Il est en prison **car** il a tué quelqu'un.

他因殺人犯罪而入獄。

> 説明：1. 請參考上面的解説。
>
> 2. 名詞前有限定詞：
>
> Il est en prison pour un crime (一件殺人犯罪案).
>
> des crimes (幾件殺人犯罪案).
>
> plusieurs crimes (數件殺人犯罪案).
>
> le crime de son rival (一樁殺對手犯罪案).

◉ Il est en prison **pour** viol.

= Il est en prison **car** il a violé quelqu'un.

他因強暴而入獄。

> 説明：1. 請參考前面的解説。
>
> 2. 名詞前有限定詞：
>
> Il est en prison pour un viol (一件強暴案).
>
> des viols (幾件強暴案).
>
> plusieurs viols (數件強暴案).
>
> le viol d'une adolescente (一件青少女強暴案).

25 **Pour** + déterminant（限定詞）＋ nom（比較具體的名詞）　因為

❶為了某種目的而做某事。

◉ Ils jouent au mah-jong **pour** l'argent.
他們打麻將為了贏錢。
說明：他們打麻將為了什麼？等於法文的 pour quoi。

◉ Ils jouent au mah-jong **pour** le plaisir.
他們打麻將為了樂趣。
說明：請參看上句的解說。

❷某人因有特殊的因素（才華）而聞名。

◉ Cette chanteuse est célèbre **pour** sa belle voix.
這位女歌手因美麗的歌聲而聞名。
說明：這位女歌手以什麼聞名？為什麼聞名？pour quoi？pour quelle chose？
pour quelle raison？

❸某地因什麼美食而有名。

◉ Lyon est connu **pour** sa gastronomie.
里昂因美食而聞名。
說明：里昂以什麼聞名？為什麼聞名？pour quoi, pour quelle chose, pour quelle
raison。

26 **Par** + nom（抽象名詞）　因為

❶跟一個人的個性有關，因為這樣的個性而產生好結果。名詞前無冠詞。

Les richesses de la grammaire française　法文文法瑰寶：自主學習進階版

◉ Elle m'invite souvent **par** amitié.

= Elle m'invite souvent **car** elle est amicale.

她因友情而經常邀請我。

◉ Véronique m'aide **par** gentillesse.

Véronique 因親切而幫助我。

◉ J'apprends l'arabe **par** curiosité.

我因好奇而學習阿拉伯文。

◉ Ils se sont mariés **par** amour.

他們因愛情而結婚。

❷ 跟一個人的個性有關，因為這樣的個性而產生不好的結果。名詞前無冠詞。

◉ Il veut devenir président **par** ambition.

他因野心而想要成為總統。

◉ Elle me critique **par** jalousie.

她因忌妒而批評我。

27 **Par** + adjectif possessif（所有格形容詞） 因為

跟一個人的個性無關，而是因為個人運用好與不好的方法做事而已。

◉ Il a réussi **par** ses propres moyens.

= Il a réussi **car** il est débrouillard.

他因運用自己的方法成功了。

說明：使用 par 表達原因，比較明確。請看規則：adjectif possessif + adjectif qualificatif + nom 或是 adjectif possessif + nom + adjectif qualificatif。

◉ Tu m'énerves **par** tes questions indiscrètes !

因你（妳）問一些私人問題讓我很煩。

説明：請參看上句的解説。

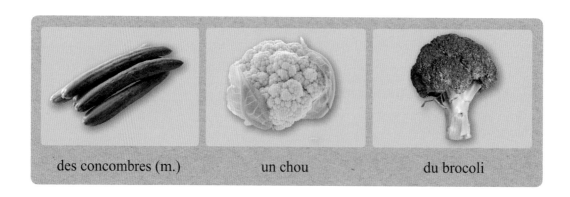

des concombres (m.)　　　　un chou　　　　du brocoli

---

28 **Deux points = Point-virgule**　　因為

用於書寫。

◉ On va à la mer **:** le temps est magnifique.

我們去海邊，因為天氣很好。

---

29 **Gérondif**（副動詞）　　因為

副動詞可用於書寫及口語。請參考第四章。

◉ Il est tombé **en courant** trop vite.

= Il est tombé **car il a couru** trop vite.

因為他跑得太快，所以跌倒了。

◉ **En faisant** du sport tous les jours, elle a maigri de six kilos.

= Elle a maigri de six kilos **parce qu'elle avait fait** du sport tous les jours.

因為她每天做運動，所以瘦了6公斤。

30 **Participe présent**（現在分詞） 因為

現在分詞只能用於書寫。請參考第五章。

◉ **Aimant** beaucoup cette ville, elle y a acheté un appartement.
　= **Comme** elle **aimait** beaucoup cette ville, elle y a acheté un appartement.
因為她非常喜歡這個城市，所以買了一棟公寓。

◉ Ne **supportant** pas les alcools forts, je n'en bois jamais.
　= **Comme** je ne **supporte** pas les alcools forts, je n'en bois jamais.
因為我受不了酒精濃度強的酒，所以我從不喝酒。

31 **Proposition participiale**（分詞句） 因為

分詞句尤其是用於書寫。分詞的主詞與主要動詞的主詞是不同的。

◉ Le temps **devenant** plus froid, les gens se couvrent* davantage.
　= **Comme** le temps **devient** plus froid, les gens se couvrent davantage.
因為天氣變得比較冷，所以人們就穿得比較多。

*se couvrir 穿衣服

◉ L'état de santé du patient **s'aggravant**, les chirurgiens cherchent vite une
　autre solution.
　= **Comme** l'état de santé du patient **s'aggrave**, les chirurgiens cherchent
　vite une autre solution.
因為這個病人的健康狀況變得嚴重，所以外科手術醫師立即尋找另外一個解決辦法。

L'expression de la cause 原因之表達方式

32 Participe passé（過去分詞） 因為

過去分詞的主詞與主要子句的主詞是相同的。過去分詞之後立即接介係詞 par。

◉ **Critiqué** par les journalistes, le ministre s'est mis en colère*.
　 = **Comme** le ministre a été **critiqué** par les journalistes, il s'est mis en colère.
　 部長因為被記者批評而發怒了。
　 *se mettre en colère 開始生氣

◉ **Surpris** par le retour du propriétaire de la maison, les voleurs se sont enfuis*.
　 = **Comme** les voleurs ont été **surpris** par le retour du propriétaire de la maison, ils se sont enfuis.
　 那些小偷因為看到男主人回到家之後被驚嚇而逃走了。
　 *s'enfuir 逃跑

33 Adjectif（形容詞） 因為

只能用於書寫。

◉ **Pessimiste**, il voit souvent la vie en noir.
　 = **Comme** il est **pessimiste**, il voit souvent la vie en noir.
　 因為他很悲觀，所以經常視生命如黑暗一般。

◉ **Étourdie***, elle perd souvent ses affaires.
　 = **Comme** elle est **étourdie**, elle perd souvent ses affaires.
　 因為她心不在焉，所以經常掉東西。
　 *étourdi(e)：心不在焉

34 Tant =Tellement　因為這樣地

　　Tant 或 tellement 不置於第一個句子，而是置於第二個句子。如果 tant 或 tellement 之後有名詞則要在 tant 或 tellement 之後加 de，以說明東西或事件是如此地多。

◉ On n'a pas trouvé de places assises dans le bus, **tant** il y avait **de** gens.
　　因為公車裡有如此多的人，所以我們沒有找到座位。

◉ Il faut mettre* plusieurs heures pour visiter ce musée, **tellement** il y a **de** tableaux.
　　因為這個博物館有如此多的畫，所以必須要花好幾個小時來參觀。
　　*mettre＋時間＋verbe à l'infinitif 花時間做某事

| du basilic | du persil | du laurier |

B) Citations　名言

❶ L'émeraude ne perd pas de sa valeur **faute de** louanges (Marc Aurèle).

❷ **À force de** parler d'amour, on devient amoureux (Blaise Pascal).

L'expression de la cause　原因之表達方式

Leçon
6

107

C Exercices
練習

Utilisez :

- À cause de
- À force de
- Car (= Parce que)
- Comme
- Étant donné que (= Vu que = Du fait que)
- Étant donné (= Vu = Du fait de = Compte tenu de)
- En raison de
- Faute de
- Grâce à
- Puisque
- Puisque (= Du moment que)
- Par
- Pour
- :
- ;

① _____ mes amis quitteront Taiwan demain, je les accompagnerai à l'aéroport.

② Cette actrice est connue _____ ses nombreux divorces.

③ Elle a payé une amende _____ avoir rendu des livres en retard à la bibliothèque.

④ _____ ma blessure, je ne pourrai pas faire de sport pendant au moins deux mois.

⑤ A: Il n'y a plus d'amour entre mon mari et moi.

    B: Allez-vous divorcer _____ votre vie de couple est finie ?

⑥ _____ avoir étudié, il a échoué.

⑦ _____ argent, ils n'iront pas à l'étranger cette année.

⑧ _____ insister, il a obtenu ce qu'il voulait.

⑨ J'ai réussi mon permis de conduire _____ toi.

⑩ Cet homme aide souvent les pauvres _____ générosité.

⑪ _____ le prix de ce vêtement, je ne peux pas l'acheter.

⑫ La petite fille ne veut pas chanter en public _____ timidité.

⑬ _____ mauvais temps, je préfère rester chez moi.

⑭ Je ne comprends pas cette phrase _____ c'est trop difficile.

⑮ _____ efforts, il a atteint son objectif.

⑯ _____ billets, nous ne pourrons pas assister au concert.

⑰ _____ fréquenter Sébastien, je connais parfaitement ses goûts.

⑱ Les étudiants sont contents _____ les vacances commenceront demain.

⑲ _____ tu manges souvent dans ce restaurant, recommande-moi un plat original.

⑳ _____ avoir payé le loyer, il a été expulsé de la maison.

㉑ _____ mes idées et celles de Roger sont trop différentes, nous ne pourrons pas collaborer sur ce projet.

㉒ _____ courage, il a surmonté tous les obstacles.

㉓ Beaucoup de gens veulent acheter ce smartphone _____ il est performant et bon marché.

㉔ _____ sa maladie empire, il doit davantage se reposer.

㉕ Il a été arrêté _____ excès de vitesse.

㉖ _____ GPS, ils ont facilement trouvé leur chemin.

㉗ Il a échoué _____ sa négligence.

㉘ _____ ses parents ne sont pas d'accord, elle n'épousera pas son petit ami.

Niveau
2

Utilisez :

- **Jouer** (gérondif)　　　● **Avoir** (participe présent)
- **Battre** (participe passé)
- **Ce n'est pas que... mais** (= Non que... mais = Non pas que... mais)
- **D'autant que** (= D'autant plus que = Surtout que)
- **En effet**　　　● **Exiger** (adjectif verbal)　　　● **Malade**
- **Nettoyer** (gérondif)　　　● **Par suite de**
- **Raccourcir** (proposition participiale)　　　● **Soit que…, soit que**
- **Sous prétexte de**　　　● **Sous prétexte que**　　　● **Tellement** (= Tant)
- **Traumatiser** (participe passé)　　　● **Voir** (participe présent)

① J'ai mal au ventre ; _____, j'ai trop mangé.

② Le bébé pleure, _____ il ait faim, _____ il soit malade.

③ Les gens achètent beaucoup d'aliments ; _____, un typhon va arriver sur Taiwan.

④ Luc ne me contacte plus _____ il soit fâché contre moi, _____ il n'ait pas de temps.

⑤ Lisa refuse de danser avec Jacques _____ être trop fatiguée (mais ce n'est pas la vraie raison).

⑥ L'avion _____ du retard, les familles des passagers s'inquiètent *(participe présent)*.

⑦ _____ je refuse de vous aider, _____ je n'ai pas de temps.

⑧ _____ une panne d'électricité, le spectacle a été interrompu.

⑨ Hier soir, Charles était épuisé, _____ il avait fait des heures supplémentaires.

⑩ _____ son licenciement, il doit chercher un autre travail.

⑪ Il s'est tordu la cheville _____ au basket-ball *(gérondif)*.

⑫ _____, il est rarement satisfait de sa vie.

⑬ _____ par son accident de voiture, il a décidé de ne plus conduire.

⑭ _____ que le ciel était couvert, elle a emporté son parapluie.

⑮ _____, elle ne viendra pas.

Leçon
6

⑯ Mon beau-frère ne me prête pas sa voiture _____ elle ne marche pas bien (mais ce n'est pas la vraie raison).

⑰ Il a vite fini son repas, _____ il avait très faim.

⑱ Je n'ai pas envie de sortir, _____ il fait une chaleur torride.

⑲ Elle a retrouvé son collier _____ sa maison *(gérondif)*.

⑳ Il a quitté la réunion _____ avoir mal à la tête (mais ce n'était pas la vraie raison).

㉑ _____ par son adversaire, ce champion a perdu confiance en lui *(participe passé)*.

㉒ Il refuse de voyager en avion _____ un risque d'accident (mais ce n'est pas la vraie raison).

㉓ Au musée, nous n'avons pas pu bien voir les tableaux, _____ il y avait de visiteurs.

㉔ Elle a changé d'avis _____ l'opposition de ses parents (mais ce n'était pas la vraie raison).

㉕ _____ je n'apprécie pas cette ville, _____ il y fait trop froid.

㉖ Il ne donne pas d'argent à ses jeunes enfants _____ ils doivent apprendre à se débrouiller (mais ce n'est pas la vraie raison).

㉗ Les jours _____ en hiver, on éclaire les maisons vers 17 heures.

㉘ Je ne veux pas acquérir cette voiture _____ il n'y a pas de service après-vente.

Les richesses de la grammaire française 法文文法瑰寶：自主學習進階版

Pourquoi apprenez-vous le français ?

您為什麼學習法文？

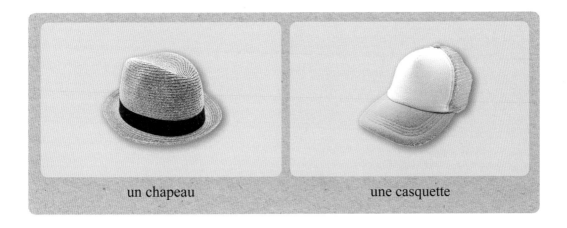

un chapeau   une casquette

10

9

8

7

6

5

4

3

2

1

Leçon 7

L'expression de
la conséquence

結果之表達方式

用中文表達結果非常容易,例如:「因此、如此地……以致於」等等。但是在法文裡要如何表達呢?當然可以使用不同的連接詞短語、副詞或介係詞等等。不過,要特別注意之後是接子句、名詞或不定式原形動詞。由於表達結果的方式很多,在此試舉幾例,以讓學習者參考,其他之用法則在隨後陸續介紹。在本章尤其要注意句中的標點符號。

◉ Il est fatigué, il ne peut plus travailler.

　　他累了,他不能再工作。

　　説明:此句沒有用到表達結果的短語。

　　因此,我們如何將以上兩句用表達結果的方式呈現出?請看以下幾個例句:

❶ Il est **si** fatigué **qu**'il ne peut plus travailler.

❷ Il est fatigué **à tel point qu**'il ne peut plus travailler.

　　他如此地累,以致於他不能再工作了。

❸ Il est fatigué, **si bien qu**'il ne peut plus travailler.

❹ Il est fatigué, **donc** il ne peut plus travailler.

❺ Il est fatigué ; **aussi** ne peut-il plus travailler.

　　他累了,因此他不能再工作了。

◉ Il est **si** (= **tellement**) fatigué **qu**'il ne peut plus travailler.

　　他如此地累,以致於他不能再工作了。

Apparition

La lune s'attristait.

Des séraphins en pleurs

Rêvant, l'archet aux doigts,

Dans le calme des fleurs

Vaporeuses, tiraient de mourantes violes

De blancs sanglots glissant sur l'azur des corolles.

C'était le jour béni de ton premier baiser.

Ma songerie aimant à me martyriser

S'énivrait savamment du parfum de tristesse

Que même sans regret et sans déboire laisse

...

Stéphane Mallarmé, Vers et Prose, 1893

◉ Ce poème contient* **trop de** mots difficiles **pour que** nous le comprenions sans dictionnaire.

這首詩有太多困難的字，以致於我們沒查字典是無法了解其意。

 A | **Explications grammaticales et exemples**
文法解說與舉例

1 | **Si** + adjectif + **que** + indicatif　　這樣地、如此地……（以致於……）

表達事情發展的程度 (intensité)，如此地發展導致出結果。

◉ Ce bébé est **si** mignon **qu**'on a envie de* l'embrasser.

這個嬰兒是如此地可愛，人們都想要親親他（她）。

* avoir envie de + verbe à l'infinitif　想要做某事

◉ Ce problème est **si** difficile **que** je n'arrive* pas à le comprendre.

這個問題是如此地困難，以致於我無法瞭解。

*arriver à + verbe à l'infinitif 有辦法做某事

---

2 **Tellement** + adjectif + **que** + indicatif
這樣地、如此地……（以致於……）

請參考說明 1。

◉ Elle est **tellement** émotive **qu'**elle pleure facilement.

她是如此有感情的人，以致於很容易哭泣。

◉ Ce film est **tellement** drôle **qu'**on veut aller le voir.

這部影片是如此地好笑，我們都想要去看。

---

3 **Si** + adverbe + **que** + indicatif　這樣地、如此地……（以致於……）

前兩項表達結果之用法都跟形容詞有關。但是第 3 與第 4 項之用法則跟副詞有關。

◉ Elle conduit **si** bien **qu'**elle n'a jamais eu d'accident.

她開車開得如此地好，她從來沒有發生過車禍。

◉ Ce matin, je m'étais levée* **si** tard **que** je n'ai pas eu le temps de* prendre le petit déjeuner.

今天早上我起床起得如此地晚，以致於我沒有時間吃早飯。

*se lever : je m'étais levée (plus-que-parfait)

*avoir le temps de + verbe à l'infinitif 有時間做某事情

---

4 **Tellement** + adverbe + **que** + indicatif
這樣地、如此地……（以致於……）

請參考說明 3。

◉ Le conférencier parlait **tellement** vite **qu'**on avait du mal à* bien le comprendre.

演講者說得如此地快，以致於我們難以瞭解他。

*avoir du mal à + verbe à l'infinitif 有困難做一件事

◉ Ce restaurant marche **tellement** bien **qu'**il faut réserver longtemps à l'avance.

這家餐廳生意如此地好，應該要提前很早預約。

des baguettes (f.)   un pain de campagne   une brioche

---

5 Verbe + **tellement** + **que** 這樣地、如此地……以致於……
auxiliaire（助動詞）+ **tellement** + participe passé（過去分詞）+ **que**

這項表達結果之用法跟動詞有關。Tellement 或 tant 在與複合過去時及愈過去時一起使用時，得置於助動詞與過去分詞之間。

◉ Il travaille **tellement qu'**il n'a pas le temps de prendre de vacances.

他工作如此地多，以致於他沒有時間去度假。

◉ Il a **tellement** travaillé **qu'**il n'avait pas le temps de prendre de vacances.

他過去工作如此地多，以致於他沒有時間去度假。

説明：以上兩句的意思都一樣，但是時態不一樣。因為第一句發生在現在，而第二句則發生在過去。

6 Verbe + **tant** + **que** + indicatif 這樣地、如此地……以致於……
auxiliaire（助動）+ **tant** + participe passé（過去分詞）+ **que**

請參考說明 5。

◉ Cet enfant crie **tant qu**'il énerve tout le monde.
這個小孩如此地大叫，以致於惱火大家。

◉ Elle a **tant** voyagé **qu**'elle est blasée.
她旅行的次數如此地多，以致於她厭倦了。

> 說明：雖然法文句中沒有 de nombreux voyages，但從句子的意思就可以瞭解，
> 因此在中文裡就加「旅行的次數」。

des croissants (m.)　　　une tarte aux fraises　　　un pain aux raisins

7 **Tellement de** + nom + **que** + indicatif
這麼多、那麼多……以致於……

　　表達東西的數量 (quantité)，如此的多導致出結果。可數的名詞必須加 s，不可數的名詞則省略。

◉ Elle a **tellement d**'objets **qu**'elle ne sait pas où les mettre.
她有那麼多的東西，以致於她不知道放哪裡。

◉ Il y a **tellement de** brillants candidats **qu**'on n'arrive pas à sélectionner les meilleurs.
有這麼多傑出的候選人，以致於我們無法選出最好的。

8 **Tant de** + nom + **que** + indicatif 　這麼多、那麼多……以致於……

請參考說明 7。

◉ J'ai **tant de** travail **que** je ne sais pas par quoi commencer*.
我有這麼多的工作，以致於我不知道從哪件開始做起。
*commencer par 從什麼事情開始做

◉ Il y a **tant de** voitures dans les rues **qu'**il est difficile de circuler.
街上有如此多的車輛，以致於很難行駛。

un pain au chocolat　　un chausson aux pommes　　trois tranches (f.) de pain de mie (m.)

9 **Assez** + adjectif + **pour** + verbe à l'infinitif 　足夠……能……

　　Assez「足夠」，表達好的意思。這項表達結果之用法跟形容詞有關。不定式的主詞與主要子句的主詞是相同的。

◉ Il est **assez** compétent **pour** réussir sa mission.
他能力十足，可以成功地完成他的任務。

◉ Cette revue est **assez** intéressante **pour** plaire* à beaucoup de femmes au foyer.
這本雜誌十分有趣，讓很多家庭主婦都喜歡看。
*qqch plaire à qqn 某事（物）取悅於某人

L'expression de la conséquence　結果之表達方式

Leçon
7

10 Assez + adverbe + **pour** + verbe à l'infinitif
足夠⋯⋯能⋯⋯

請參考說明 9。此用法則跟副詞有關。

◉ Elle chante **assez** bien **pour** remporter le premier prix.
她唱歌唱得夠好，可以贏得第一名。

◉ Ce cheval court **assez** vite **pour** arriver le premier.
這匹馬跑得夠快，能以第一名跑回終點。

11 Assez de + nom + **pour** + verbe à l'infinitif
足夠多⋯⋯能⋯⋯

表達東西的數量 (quantité)，足夠多導致出結果。可數的名詞必須加 s，不可數的名詞則省略。不定式的主詞與主要子句的主詞是相同的。

◉ Je n'ai pas **assez de** temps **pour** aller avec vous au café.
我沒有夠多的時間跟你們去咖啡館。

◉ Il possède **assez d'**argent **pour** acheter cette villa.
他有足夠的錢去買這棟別墅。

12 Assez + adjectif + **pour que** + subjonctif　　足夠⋯⋯能⋯⋯

請參考說明 9。主要子句與附屬子句的主詞是不同的。

◉ Elle est **assez** gentille **pour que** nous l'aidions*.
她人相當好，我們都會幫助她。
*aider qqn + à + verbe à l'infinitif 幫助某人做某事

Les richesses de la grammaire française　法文文法瑰寶：自主學習進階版

⊙ Ce problème est **assez** facile **pour que** nous le résolvions* vite.

這個問題相當容易，我們能夠很快就解決。

*résoudre 解決問題

13 **Assez** + adverbe + **pour que** + subjonctif　足夠……能……

請參考說明 9。主要子句與附屬子句的主詞是不同的。

⊙ D'habitude, la maman réveille ses enfants **assez** tôt **pour qu**'ils arrivent à l'école à l'heure.

一般而言，媽媽都相當早就叫孩子們起床，讓他們能準時到校。

⊙ Il s'exprime **assez** clairement **pour que** nous saisissions le sens de ses idées.

他表達如此地清楚，讓我們能夠理解他所要傳達的意思。

14 **Assez de** + nom + **pour que** + subjonctif　足夠多……能……

請參考說明 11。主要子句與附屬子句的主詞是不同的。

⊙ Cet employé possède **assez de** qualités **pour que** le directeur lui fasse confiance*.

這位男職員有足夠的優點能讓主任對他有信心。

*faire confiance à qqn 相信某人

⊙ Ce magasin propose **assez de** produits **pour que** beaucoup de gens aillent y* faire des courses.

這家商店提供足夠的產品讓很多人去購買。

* y 表地方的代名詞 (= dans ce magasin)。

une glace à la vanille　　une glace pilée à la mangue　　un sorbet aux framboises

15 **Trop** + adjectif + **pour** + verbe à l'infinitif
太過於……以致於不能……

　　Trop「太」，表達不好的意思。這項表達結果之用法跟形容詞有關。不定式的主詞與主要子句的主詞是相同的。

◉ C'est **trop** beau **pour** être vrai. Je n'y crois* pas !

美得讓人無法相信它的真實感。我不相信！

說明：雖然 pour 之後沒有出現否定的字眼，但是有否定的意思。

*croire à qqch 相信某事

◉ Cette maison est **trop** chère **pour** trouver un acquéreur.

這棟房子太貴了，以致於找不到買主。

說明：請參考上句的解說。

16 **Trop** + adverbe + **pour** + verbe à l'infinitif
太過於……以致於不能……

請參考說明 15。此用法則跟副詞有關。

◉ Il joue **trop** mal **pour** gagner le match de badminton.

他打羽毛球打得太差，以致於不能贏得比賽。

說明：雖然 pour 之後沒有出現否定的字眼，但是有否定的意思。

◉ Nous sommes arrivés **trop** tard **pour** lui dire au revoir*. Quel dommage !

我們太晚到了，以致於不能跟他道別。真可惜！

說明：請參考上句的解說。

*dire au revoir à qqn 跟某人道別

---

17 **Trop** + adjectif + **pour que** + subjonctif
太過於⋯⋯以致於不能⋯⋯

請參考說明 15。主要子句與附屬子句的主詞是不同的。

◉ Le temps est **trop** mauvais **pour que** nous sortions.

天氣太差，以致於我們不能出門。

說明：pour que 之後沒有出現否定的字眼，但有否定的意思。

◉ Mon ami est **trop** secret **pour que** nous le comprenions.

我的男性朋友太神祕了，以致於我們不了解他。

說明：請參考上句的解說。

---

18 **Trop** + adverbe + **pour que** + subjonctif
太過於⋯⋯以致於不能⋯⋯

參考說明 15。這項表達結果的用法跟副詞有關。主要子句與附屬子句的主詞是不同的。

◉ Il travaille **trop** lentement **pour que** nous puissions coopérer avec lui.

他工作做得太慢，以致於我們不能與他合作。

說明：pour que 之後的句字沒有出現否定的字眼，但有否定的意思。

◉ Le guide marche **trop** vite **pour que** nous le suivions* aisément.

男嚮導走得太快了，以致於我們不容易跟上他。

說明：請參考上句的解說。

*suivre qqn 跟隨某人

19 **Trop de** + nom + **pour** + verbe à l'infinitif
太多……以致於不能……

　　表達東西的數量 (quantité)，太多導致出結果。可數的名詞必須加 s, 不可數的名詞則省略。不定式的主詞與主要子句的主詞是相同的。

● Ils ont **trop de** projets **pour** les réaliser tous cette année.
他們有太多的計畫，以致於不能在今年全部完成。

　　說明：雖然 pour 之後沒有出現否定的字眼，但是有否定的意思。

● Le président connaît **trop de** gens **pour** se rappeler* le nom de chacun.
總統認識太多人，以致於記不起每個人的名字。

*se rappeler qqn 記得某人

20 **Trop de** + nom + **pour que** + subjonctif　　太多……以致於不能……

　　參考說明 19。主要子句與附屬子句的主詞是不同的。

● Il y a **trop de** vaisselle **pour que** je lave tout à la main en une heure.
有太多的餐盤，以致於我無法在一個小時內用手洗完。

● Cette ville propose **trop d'**attractions touristiques **pour que** nous puissions tout voir en un jour.
這個城市提供太多的觀光景點，以至於我們不能夠在一天內全部看完。

un café au lait　　　　un expresso　　　　un café viennois

21 **Si bien que** + indicatif　因此

連接詞短語 (locution conjonctive)。置於句中，在 si bien que 之前加逗點符號，以便跟 si bien ...que★ 作區別。表達一個單純的結果，無特殊的細微差別 (nuance)，但不一定合邏輯。

◉ Mon voisin portait une perruque, **si bien que** je ne l'ai pas reconnu*.

　我的男鄰居戴著一頂假髮，因此我沒有認出他。

　*reconnaître qqn 認出某人

◉ Il pleut des cordes, **si bien que** les rues sont presque désertes.

　傾盆大雨，因此街上幾乎沒有人。

★ Il joue **si bien** au tennis **qu**'il gagne presque tous ses matchs.

　他打網球打得如此地好，他幾乎打贏所有的球賽。

　說明：在 si 之前不加逗點符號。

22 **De manière que** + indicatif = **De telle manière que** + indicatif = **De sorte que** + indicatif = **De façon que** + indicatif = **De telle façon que** + indicatif　因此

連接詞短語 (locution conjonctive)。置於句中。以什麼方法達到簡單的結果 (conséquence simple)。

◉ Le gouvernement accorde* une aide financière aux familles défavorisées **de manière qu**'elles peuvent toutes* vivre décemment.

政府給予弱勢家庭經濟上的補貼，因此她們才能過像樣的生活。

* accorder qqch à qqn 允許某人某事

* toutes 不定代名詞，「所有的家庭」的意思。

◉ Le professeur enseigne **de telle façon que** les élèves réussissent tous les exercices.

老師教得如此地清楚，因此學生們都會做練習。

23 **Au point que** + indicatif = **À tel point que** + indicatif　因此

　　置於句中。表達事情發展的程度 (intensité) 以致導致出結果，相等於 si，tellement...que 之用法。請參考說明 1、2、5 與 6。

◉ La température augmente **au point qu'**on doit s'hydrater plus souvent.
　= La température augmente **tellement qu'**on doit s'hydrater plus souvent.
　氣溫逐日地上升，因此我們應該要更常補充水分。

◉ Elle était exténuée **à tel point qu'**elle a dû faire une pause immédiatement.
　= Elle était **si** exténuée **qu'**elle a dû faire une pause immédiatement.
　她精疲力盡，因此她應該要立刻休息一下。

24 **Alors** + indicatif　因此

　　置於句中，在 alors 之前加逗點符號。該事件發生的原因之後，產生快速的反應。

◉ Ce matin, elle s'est levée trop tard, **alors** elle n'a pas pris de petit déjeuner.

　　　　原因　　　　　　　　　　　　快速反應：沒有時間吃飯

　她今天早上起得太晚了，因此她沒有時間用早餐。

◉ Un gros chien s'est approché* de la fillette,

　　　　原因

　alors elle s'est enfuie* à toute vitesse* vers sa mère.

　　快速反應：立即逃向她的母親

　一隻大狗靠近了小女孩，因此她立即逃向她的母親。
　* s'approcher de 靠近　* 's'enfuir 逃走　* à toute vitesse 快速地

25 **Aussi**　因此、所以

　　典雅語言 (langue soutenue)，很少用。置於句中，之前加分號，主詞與動詞互換位置，但非疑問句。

◉ Cette chanson plaît beaucoup au grand public ; **aussi** y en a-t-il de nombreuses reprises.

大部分的人很喜歡這首歌曲，因此它多次被拿出來唱。

◉ Le président a agi avec compétence durant son premier mandat ; **aussi** a-t-il été réélu*.

總統在他的第一任期間表現出卓越能力，因此他再度當選。

* réélire 再選舉

注意 Aussi 1) 副詞：也、同樣。J'aime beaucoup le français aussi.

2) 連接詞：因此。用於本章表達結果之用法。

deux verres (m.)
de diabolo menthe (m.)　　un jus de raisins　　une bière

---

26 **Donc** + indicatif　因此

置於句中，在 donc 之前加逗點符號。該用法表達邏輯與顯而易見的結果 (conséquence évidente)。在發音時，c 要發音 /k/。

◉ Luc a déjà visité cette exposition, **donc** il n'ira pas avec nous.

Luc 已經看過這個展覽（原因），因此他不跟我們去（結果）。

◉ La crise économique a entraîné* la fermeture de plusieurs entreprises, **donc** le taux de chômage augmente.

經濟危機造成了數家公司關門（原因），因此失業率提高（結果）。

* entraîner 造成

27 **En conséquence** + indicatif = **Par conséquent** + indicatif　因此

En conséquence 典雅語言 (langue soutenue) 及行政用語 (langue administrative)。Par conséquent 是日常用語 (langue courante)。置於句中，在 En conséquence 與 Par conséquent 之前後加分號與逗點符號。事實上 26 及 27 這三種用法都表達「因此」的意思，但是如果在該字之前或前後加上標點符號，則不能互換使用。

◉ Cette entreprise a fait faillite ; **en conséquence**, tous les employés sont au chômage.

這家公司倒閉了，因此很多職員都在失業中。

◉ La crise du Covid-19 s'est aggravée ; **par conséquent**, les usines de masques ont augmenté leur production.

新冠肺炎變得嚴重了，因此口罩工廠增加了他們的生產品。

28
C'est pourquoi + indicatif =
C'est pour ça (cela) que + indicatif =
C'est la raison pour laquelle + indicatif =
C'est pour cette raison que + indicatif　因此

置於第二句的句首，在 c'est pourquoi 之前加分號，解釋原因。ça 用於口語，而 cela 則用於書寫。

◉ J'adore la culture française ; **c'est pourquoi** j'apprends le français.

我喜歡法國文化，因此我學習法文。

◉ Franck et Daniel sont comme chien et chat* ; **c'est pour ça qu'**ils ne peuvent pas travailler ensemble .

Franck et Daniel 意見不合，因此他們不能一起工作。

* être comme chien et chat 如同狗與貓 (直譯)。 意見不合 (意譯)。

29 Comme ça = Ainsi 因此

通俗語言 (langue familière)。置於句中，在 comme ça 之前後加分號。說話者可以掌握到第一個行動的結果。

● Prenons un taxi ; **comme ça** nous arriverons à l'heure.

我們搭計程車吧，因此我們才會準時到。

說明：第一個行動的結果是「我們搭計程車吧」。

● Fais attention ; **comme ça** tu éviteras des erreurs.

你 (妳) 要小心喔，因此你 (妳) 才會避免犯錯。

說明：第一個行動的結果是「你 (妳) 要小心喔」。

30 D'où + nom = De là + nom 因此

置於句中，在 d'où 之前加分號。在初學法文時曾學過「您從什麼地方來？」(D'où venez-vous ?)，但是在本章的 d'où 則是表達結果，之後加名詞。

● Elle a touché une grosse somme au loto ; **d'où** la joie de toute sa famille.

她玩彩券中了大獎，因此她的全家人都很高興。

說明：nom = la joie。

● Il pleut sans cesse depuis une semaine ; **de là** l'inondation dans certaines villes.

連續下了一週的雨，因此在某些城市就發生水災。

說明：nom = l'inondation。

31 Du coup + indicatif 因此

通俗用語 (langue familière)。置於句中，在 du coup 之前加逗點符號。表達立即的結果。

◉ J'ai oublié de* prendre mon téléphone portable, **du coup** je n'ai pas pu t'appeler*.

我忘了帶手機，因此我沒有辦法打電話給你（妳）。

　* oublier de + verbe à l'infinitif 忘記做某事　　* appeler qqn 打電話給某人

◉ Ma carte de crédit a été avalée par le distributeur automatique de billets*, **du coup** je n'ai pas retiré* d'argent.

我的信用卡被提款機吞掉了，因此我沒有提錢。

　* distributeur automatique de billets 自動提款機　　* retirer de l'argent 提錢

32 ：因此 ；因此

以冒號或分號放在兩個子句的中間。

◉ Cet acteur joue bien tous ses rôles : il est populaire.

這個男演員能演好他所有的角色，因此他很受歡迎。

◉ Le prix de l'essence a beaucoup baissé ; les gens se servent* plus souvent de leur voiture.

汽油價錢下降了很多，因此人們比較常開車。

* se servir de qqch 使用某樣東西

B **Citations**
　　名言

❶ Les convictions sont **trop** rares **pour** n'en pas tenir compte (François-René de Chateaubriand).

❷ Je pense, **donc** je suis (René Descartes).

C Exercices
練習

Niveau
1

Utilisez :

- Assez... pour
- Assez... pour que
- Assez de... pour
- Assez de... pour que
- Tellement (Tant)... que
- Tellement (Tant) de... que
- Trop... pour
- Trop... pour que
- Trop de... pour
- Trop de... pour que
- Si (Tellement)... que

① Il roule _____ vite _____ nous arrivions à l'heure au rendez-vous.

② Ce musée est _____ loin _____ j'y aille.

③ J'aime _____ ce restaurant _____ j'y mange souvent.

④ Je n'ai pas _____ argent _____ acheter ce bijou.

⑤ Il pleut _____ fort _____ je sorte.

⑥ Elle travaille _____ bien _____ obtenir une promotion.

⑦ Mes voisins font _____ bruit _____ je puisse bien dormir la nuit.

⑧ Il est _____ doué _____ résoudre seul ce problème.

⑨ Il a 16 ans. Il est _____ jeune _____ voter.

⑩ Le temps est _____ beau _____ nous nous promenions au parc.

L'expression de la conséquence 結果之表達方式

Leçon
7

133

⑪ Ce candidat a _____ qualités _____ le directeur l'engage.

⑫ Elle a _____ bien chanté ___ _____ elle a remporté le concours.

⑬ Céline a _____ travail _____ prendre des vacances.

⑭ Je n'ai pas _____ idées _____ écrire cet article.

⑮ Elles aiment _____ le Japon _____ elles y voyagent chaque année.

⑯ Elle est _____ occupée _____ aider les autres.

⑰ Dans le bus, il y avait _____ voyageurs _____ je n'ai pas trouvé de place assise.

⑱ Cet enfant est _____ mignon _____ tout le monde l'aime.

⑲ Ce restaurant propose _____ plats délicieux _____ je ne sais pas lesquels choisir.

⑳ Elle mange _____ _____ elle grossit.

㉑ Elle est _____ forte _____ réussir dans la vie.

㉒ Il chante _____ haut _____ être en accord avec les autres membres de la chorale.

㉓ Ce livre de philosophie est _____ ardu _____ je le comprenne.

㉔ Elle travaille _____ efficacement _____ obtenir des récompenses.

㉕ Elle cuisine _____ mal _____ trouver du travail dans un restaurant.

㉖ Mon voisin a _____ soucis _____ être heureux.

㉗ Cette maison n'est pas _____ bon marché _____ nous l'acquérions.

㉘ Elle était _____ fatiguée _____ continuer le marathon. Elle a abandonné.

㉙ Cet employé travaille _____ négligemment _____ le directeur le garde dans l'entreprise.

㉚ Cet étudiant travaille _____ bien _____ le professeur le cite en exemple.

Niveau 2

Utilisez:

- •**Si bien que**
- •**C'est pourquoi (= C'est pour cela que = C'est la raison pour laquelle = C'est pour cette raison que)**
- •**Donc**
- •**D'où (= De là)**
- •**: (deux points)**　　　•**; (point-virgule)**
- •**Comme ça (= Ainsi)**
- •**Par conséquent (= En conséquence)**
- •**Aussi**
- •**Du coup**
- •**De manière que (= De telle manière que = De sorte que = De façon que = De telle façon que)**
- •**Au point que (=À tel point que)**
- •**Alors**

---

① Demain, un typhon viendra sur Taiwan ; _____, les gens achètent des aliments aujourd'hui.

② Serge a quitté Taiwan sans me donner son adresse, _____ je ne peux pas le contacter.

③ Il a eu un malaise grave, _____ on l'a vite emmené à l'hôpital.

④ Le prix du riz va augmenter ; _____ beaucoup de gens sont-ils en colère.

⑤ Les vacances arrivent bientôt ; _____ la joie des étudiants.

136

⑥ Elle aime beaucoup le thé ; _____ elle en boit souvent.

⑦ Ce soir, dors tôt ; _____ tu auras beaucoup d'énergie demain matin !

⑧ Le temps est superbe ; _____ y a-t-il beaucoup de promeneurs dans la nature.

⑨ Il est malade _____ il ne viendra pas.

⑩ Les enfants vont à Disneyland ; _____ leur joie.

⑪ Un accident s'est produit sur l'autoroute ; _____, il y a un embouteillage.

⑫ Elle s'est cassé la jambe, _____ elle ne pourra pas participer à ce voyage.

⑬ Il a trop plu ces derniers jours, _____ toutes les récoltes sont abîmées.

⑭ Les employés du supermarché placent stratégiquement les produits sur les étagères _____ les clients en achètent davantage.

⑮ Le gouvernement de ce pays augmente régulièrement le prix du tabac _____ il y a moins de fumeurs.

⑯ Mon oncle a des dettes qui s'accumulent _____ il devra vendre sa maison.

⑰ Elle déteste l'atmosphère de ce café ; _____ elle n'y va jamais.

⑱ Ce matin, il a oublié de prendre son portable, _____ personne n'a pu le contacter.

⑲ Téléphone-moi avant de venir ; _____ je t'attendrai.

⑳ Fanny console son enfant avec tendresse _____ il cesse vite de pleurer.

㉑ Elle a perdu une personne chère ; _____ sa tristesse.

㉒ La Joconde est un tableau mondialement réputé ; _____ beaucoup d'amateurs d'art veulent le voir de près.

㉓ Il a passé une semaine sur ce projet sans dormir _____ il est tombé malade.

D) Une question simple
一個簡單的問題

Avez-vous déjà fait une mauvaise chose qui a eu une bonne

conséquence ?

您是否曾經做過一件不好的事情卻得到一個好的結果？

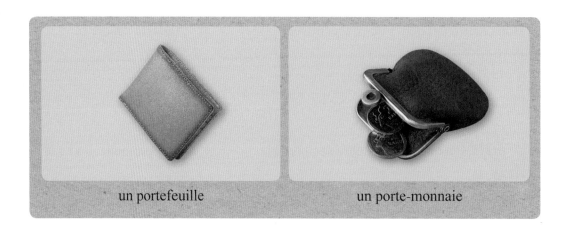

| un portefeuille | un porte-monnaie |

Les richesses de la grammaire française 法文文法瑰寶：自主學習進階版

10
9
8
7
6
5
4
3
2
1

Leçon 8

L'expression du but

目的之表達方式

在中文裡要表達目的時可以使用「為了、以便」等等，比法文之用法單純。然而在法文裡呢？不僅可以使用不同的連接詞短語，也可用介係詞等等，用法雖然不是很難，不過還是要特別注意其後是接子句、名詞或不定式原形動詞。

法文要表達做事情的意願 (intention)、目的 (but)、要達到所期望的結果 (conséquence souhaitée ou désirée)，除了 pour 之外，還有哪些其它的字呢？在此茲舉兩例，讓學習者參考，其他之用法則在隨後陸續介紹。

❶ Je passe mon permis de conduire **pour** mon futur voyage à l'étranger.

我考駕照是為了去國外旅行時可以開車。

說明：介係詞 pour + nom。

❷ Elle a acheté un vélo à son fils **afin qu**'il arrive à l'heure à l'école.

她買了一部腳踏車給她的兒子，以便讓他準時到校。

說明：連接詞 afin que + subjonctif。

◉ **Pour** notre prochain rendez-vous, nous nous rencontrerons dans ce café.

我們下次在這家咖啡館見面。

◉ Elle conduit prudemment **de peur d'**un accident.

她小心翼翼地開車擔心發生意外事件。

1 **Pour** + verbe à l'infinitif 為了

　　這是一個最常使用、也最簡單並適用於各種情況來表達目的之介係詞，尤其是用於日常生活用語 (langue courante)。相等於 afin de 之用法。不定式的主詞與主要子句的主詞是相同的。

◉ Elle porte sa plus belle robe **pour** assister au* mariage de sa meilleure amie.
　= Elle porte sa plus belle robe **afin d'** assister au* mariage de sa meilleure amie.

她穿著最美的洋裝，為了去參加她最好的女性朋友的婚禮。

* assister à qqch 參加。au 合併冠詞 (= à + le)

⊙ Ce candidat fait beaucoup de choses **pour** devenir le futur président du pays.

= Ce candidat fait beaucoup de choses **afin de** devenir le futur président du pays.

這位候選人做很多事情，為了成為該國未來的總統。

2 **Afin de** + verbe à l'infinitif　為了

介係詞短語 (locution prépositionnelle)。相等於 pour 之用法。不定式的主詞與主要子句的主詞是相同的。

⊙ Il étudie beaucoup **afin de** recevoir des notes très élevées.

= Il étudie beaucoup **pour** recevoir des notes très élevées.

他很努力地念書，為了能夠獲得高分。

⊙ Il vaudrait mieux que tu manges moins gras **afin d'**avoir une bonne santé.

= Il vaudrait mieux que tu manges moins gras **pour** avoir une bonne santé.

你（妳）最好不要吃太油膩，為了要有好的健康。

3 **En vue de** + verbe à l'infinitif =
Dans le but de + verbe à l'infinitif =
Dans l'intention de + verbe à l'infinitif　為了

這三個都是介係詞短語 (locution prépositionnelle)。用於行政用語 (contexte administratif)。不定式的主詞與主要子句的主詞是相同的。

⊙ L'entreprise propose aux employés de suivre un stage en intelligence artificielle **en vue d'**accroître leurs performances.

為了提升職員的工作績效，公司提供他們參加 AI 的實習課程。

⊙ Le président s'est entretenu* avec les ministres concernés **dans le but de** mettre en place* un plan anti-chômage.

為了實施一項對抗失業之計畫，總統與相關的部長討論過了。

* s'entretenir 討論　* mettre en place 實施、設立

Les richesses de la grammaire française　法文文法瑰寶：自主學習進階版

4 **Pour** + nom 為了

　　這是一個最常使用、也最簡單並適用於各種情況來表達目的之介係詞，尤其是用於日常生活用語 (langue courante)。

◉ **Pour** notre prochain rendez-vous, nous nous rencontrerons* dans ce café.

我們下次在這家咖啡館見面。

* se rencontrer 見面

◉ **Pour** la réussite de son projet, elle fait beaucoup d'efforts.

她做很多努力，為了她的計畫能成功。

5 **En vue de** + nom 為了

　　表達一個意願或計畫。En vue de 所使用的範圍不如 pour 廣泛。

◉ **En vue du*** renouvellement de sa carte de séjour, il lui faut* une attestation de logement.

= **Pour** le renouvellement de sa carte de séjour, il lui faut* une attestation de logement.

為了居留證之延長，他（她）需要一份住宿證明。

* du 合併冠詞 = de + le

* Il faut qqch à qqn 某人需要某東西

6 **Pour que** + subjonctif = **Afin que** + subjonctif 為了

　　連接詞短語 (locution conjonctive)。Pour que 是日常用語 (langue courante)，也是表達目的最常用的連接詞。而 afin que 用於典雅用語 (langue soutenue)。主要子句與附屬子句的主詞是不同的。

L'expression du but 目的之表達方式

Leçon

8

⬤ Le conférencier s'exprime* clairement **pour que** le public comprenne bien ses idées.

演講者表達非常地清楚，為了讓觀眾很了解他的想法。

* s'exprimer 表達

⬤ Présente des arguments pertinents **afin que** ton projet soit approuvé.

你（妳）介紹一些確切的論點，以便讓你（妳）的計畫被同意。

des cannelés (m.)　　　des macarons (m.)　　　un éclair au chocolat

(cc by Rudi & Mikko)

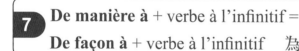

7 | **De manière à** + verbe à l'infinitif = **De façon à** + verbe à l'infinitif　為了

介係詞短語 (locution prépositionnelle)。強調做事的方法以便達到所期望的目標。不定式的主詞與主要子句的主詞是相同的。

⬤ Cette étudiante joue du piano chaque jour **de manière à** devenir une musicienne talentueuse.

這位女學生每天勤練鋼琴，為了以後能成為一位偉大的音樂家。

⬤ Pendant le typhon, fermez bien toutes les fenêtres **de façon à** éviter des dégâts dans la maison.

在颱風期間要關好窗戶，為了避免家裡有損壞。

> **8** **De sorte que** + subjonctif =
> **De façon que** + subjonctif =
> **De manière que** + subjonctif 為了

連接詞短語 (locution conjonctive)。強調做事的方法以便達到所期望的目標。主要子句與附屬子句的主詞是不同的。

這三個連接詞短語不僅表達目的也表達結果。說明如下：若附屬子句要表達事情「簡單的結果」就用直陳式 (請參考 p. 127)。若要表達「所期望的結果」，就是「目的」的意思，此時就要用虛擬式，請看以下這兩句。

◉ Quand une épidémie survient*, le gouvernement demande* aux gens de ne pas sortir **de façon qu'**elle soit contenue* au maximum.

當疫情突然發生時，政府要求民眾不要出門，為了要盡可能控制疫情。

* survenir 突然　　*demander à qqn de + verbe à l'infinitif 要求某人做某事

*contenir (= contrôler) 控制

◉ Henri pratiquait régulièrement le yoga **de manière que** sa santé se soit améliorée*.

Henri 有規律地做瑜伽，為了能改善他的健康狀況。

* s'améliorer 改善

> **9** **De peur de** + nom =
> **De crainte de** + nom 生怕、恐怕、擔心

介係詞短語 (locution prépositionnelle)。De peur de 是日常用語 (langue courante)，而 de crainte de 則用於典雅用語 (langue soutenue)。不管是哪一種語言層次之用法，這兩個介係詞短語之後都接不幸的事情或後果。

◉ Elle conduit prudemment **de peur d'**un accident.

她小心翼翼地開車，擔心發生意外事件。

L'expression du but 目的之表達方式

Leçon **8**

L'air de cette région est malsain ; certaines personnes portent des masques **de crainte de** la pollution.

這個地區的空氣不乾淨；某些人戴口罩生怕空氣汙染。

---

10 **De peur que**... (ne) + subjonctif =
De crainte que... (ne) + subjonctif 生怕、恐怕、擔心

請參考說明 9。主要子句與附屬子句的主詞是不同的。

Quand elle sort de chez elle, elle prend toujours un parapluie **de peur que** le temps (ne)* se gâte.

她出門時總是帶一把傘，擔心變天。

* ne 是個贅字，出現在書寫中，沒有否定的意思。

Patrick ferme toujours bien la porte de sa maison **de crainte que** les voleurs (n') y* entrent.

Patrick 總是把家門鎖好，擔心小偷闖空門。

* ne 是個贅字，出現在書寫中，沒有否定的意思。

* Y 人稱代名詞，表地方 (= dans la maison de Patrick)

---

11 關係附屬子句之用法 (propositions subordonnées relatives)
+ subjonctif

表達要求或願望的意思。

Nous cherchons un guide **qui** connaisse bien Taïwan.

我們尋找一位對台灣很熟的男導遊。

Le directeur veut trouver une secrétaire **qui** soit bilingue.

主任想要找到一位雙語的女秘書。

12 Impératif ...**que** + subjonctif =
Pour que + subjonctif 為了

用於口語表達。

◉ Laissez d'abord sortir les voyageurs **que** les autres puissent entrer.

= Laissez d'abord sortir les voyageurs **pour que** les autres puissent entrer.

你們先讓旅客出去，以便讓其他的人進來。

◉ Faites moins de bruit **que** tout le monde puisse dormir.

= Faites moins de bruit **pour que** tout le monde puisse dormir.

你們不要製造太大的噪音，才能讓大家睡覺。

une madeleine   un chou à la crème   des biscuits (m.)

Leçon
8

❶ Mesdames, souriez **afin que** plus tard vos rides soient bien placées (Madame de Maintenon).

❷ Je me presse de rire de tout, **de peur d**'être obligé d'en pleurer (Pierre-Augustin Caron de Beaumarchais).

C Exercice
練習

Utilisez :

- **De façon à (= De manière à)**
- **De sorte que (= De façon que = De manière que)**
- **De peur de (= De crainte de)**   • **De peur que (= De crainte que)**
- **En vue de (=Dans l'intention de = Dans le but de)**
- **En vue de + nom**   • **Pour (= Afin de)**   • **Pour + nom**
- **Pour que (= Afin que)**   • **Que**   • **Qui**

① Elle prépare bien cet examen difficile _____ un échec.

② Je ne touche pas ce gros chien _____ il me morde.

③ Nous ne prenons pas le bus _____ un embouteillage.

④ Ce paysan va transformer une partie de sa ferme en auberge _____ les vacanciers aient une occasion de découvrir la vie à la campagne.

⑤ Je ne parle pas de cette mauvaise nouvelle à mon amie _____ elle pleure.

⑥ Je souhaite travailler avec un partenaire _____ soit efficace.

⑦ Quand elle est en retard, elle prévient toujours ses parents _____ ils ne soient pas inquiets.

⑧ Aide-moi à rallonger cette table _____ mettre 12 couverts pour ce dîner.

⑨ Il voudrait habiter dans une ville _____ ait beaucoup de bons restaurants étrangers.

⑩ Ce professeur utilise des activités ludiques _____ ses étudiants apprennent mieux.

⑪ Exprime-toi clairement _____ tout le monde te comprenne.

⑫ _____ votre prochaine visite, le médecin vous expliquera le résultat de votre analyse de sang.

⑬ Mettez-vous de côté _____ les autres puissent passer.

⑭ Les policiers installent des rubalises _____ délimiter la zone de l'accident.

⑮ Quand elle rentre tard, elle referme tout doucement la porte _____ ne pas réveiller sa famille.

⑯ La mairie projette la création de nouveaux espaces verts _____ offrir un environnement agréable aux citadins.

⑰ Il boit souvent _____ oublier un chagrin d'amour.

⑱ Philippe investit beaucoup _____ sa retraite anticipée dans cinq ans.

D) Une question simple
一個簡單的問題

Le but de la vie, c'est la volonté d'être toujours meilleur

(Romuald Zinsou). Êtes-vous d'accord ?

生活的目標是永遠想變得更好的意願。您同意嗎？

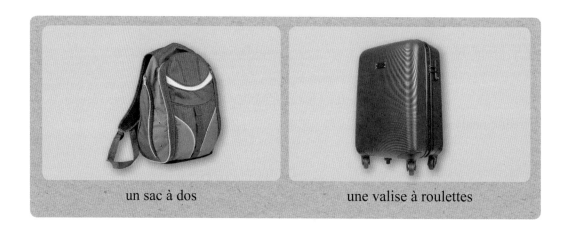

un sac à dos   une valise à roulettes

10

9

8

7

6

5

4

3

2

1

Leçon 9

L'expression de
l'opposition

對立之表達方式

在中文裡可以用不同的字表達對立或讓步，例如：「可是、但是、然而、相反地、雖然、儘管」等等。在法文裡也是有多種表達方式，但是比中文更複雜，因為要注意很多種情況，例如：該選擇哪一種連接詞短語、介係詞短語、介係詞、動詞或副詞短語來表達之？還有附屬子句要選擇什麼語式？直陳式、虛擬式、不定式、條件式，要選擇什麼時態？現在時、過去時或未來時。

試舉三個例句，讓學習者參考，其他之用法則在以下陸續介紹。

❶ Ce plat est délicieux, **mais** il est un peu trop salé.
這道菜美味可口，可是有一點太鹹。

❷ **Bien qu**'il fasse mauvais, on va partir à la montagne comme prévu.
雖然天氣不佳，但是我們還是照原定計畫出發去山上。

❸ **Quel que soit** ton avis, je tiens à accomplir mon projet.
不管你（妳）的意見如何，我還是堅持要完成我的計畫。

◉ Elsa est intellectuelle **tandis que** sa sœur est manuelle.
Elsa 是位知識分子，然而她的妹妹是從事手工業。

⦿ **Tout** mince **qu'**il soit, il peut soulever des meubles lourds.

儘管他很瘦，他還是能夠搬起很重的傢俱。

 Explications grammaticales et exemples
文法解說與舉例

1 **Mais** + indicatif   可是、但是

表達對立 (opposition)。

⦿ Cet homme est froid, **mais** honnête.

這個人很冷淡，可是很誠實。

⦿ Le français est une belle langue, **mais** sa grammaire est compliquée.

法文是一種美麗的語言，但是文法很複雜。

L'expression de l'opposition　對立之表達方式

Leçon
9

153

2 Mais... quand même =
Mais... tout de même　但是……還是

要表達「但是……還是」的意思時，mais 一定要與 quand même 或 tout de même
同時使用。

◉ Elle déteste l'alcool, **mais** elle en boit **quand même**.
= Elle déteste l'alcool, **mais** elle en boit **tout de même**.
她討厭喝酒，但是她還是喝。

說明：有可能是因為工作上需要或是在婚禮上敬酒等等，為了不讓商場客戶或親朋好友失望，
只好勉為其難。

◉ Il est malade, **mais** il est venu au travail **tout de même**.
= Il est malade, **mais** il est venu au travail **quand même**.
他生病了，但是他還是來上班了。

3 Même si + indicatif　即使

連接詞短語 (locution conjonctive)，有「對立」(opposition) 及「假設的想法」(idée
d'hypothèse)。

◉ **Même si** je suis fatigué(e), je viendrai à notre rendez-vous.
即使我疲倦了，我還是會赴我們的約。

說明：請注意中譯的意思，「即使……還是」。但法文句裡不能再出現 mais。

◉ **Même si** le projet est risqué, il veut absolument le faire.
即使那個計畫有風險，他還是一定要去做。

4 Alors que + indicatif　然而

在比較兩件事情的時候，不僅有比較 (comparaison) 也有對立或相反 (opposition)
的意思。主要子句與附屬子句的主詞是相同的。

◉ Il mange de la viande **alors qu**'il se dit végétarien.

他吃肉，然而他自稱是素食者。

說明：說與做是兩回事。

◉ Elle achète des vêtements chers **alors qu**'elle n'a pas beaucoup d'argent en ce moment.

她買昂貴的衣服，然而她目前沒錢。

說明：她用信用卡付錢，之後銀行才會扣錢。

注意 Alors que 也可以表達時間，請參考 p.27-28。

---

5 Tandis que + indicatif 　然而

請參考說明 4，主要子句與附屬子句的主詞是不同的。

◉ Olivia est casanière **tandis que** son mari adore sortir.

Olivia 喜歡待在家裡，而她的先生非常愛出門。

◉ En ville, la vie est bruyante **tandis qu**'à la campagne, c'est calme.

在城市的生活很吵雜，然而在鄉下很恬靜。

注意 Tandis que 也可以表達時間，請參考 p.27-28。

---

6 Pourtant + indicatif 　然而

表達讓步 (concession) 的意思。附屬子句要表達不懂一件事情的原因，換句話說，分明是顯而易見之事，為什麼會這樣子？此時就可以用 pourtant。

◉ Je bois beaucoup d'eau, **pourtant** j'ai toujours soif.

我喝很多水，然而我總是很口渴。

說明：我喝很多水，我不懂為什麼我總是很口渴？

◉ Elle ne comprend pas ce mot, **pourtant** il est courant.

她不懂這個字，然而它很常用。

說明：為什麼她不懂這個常用的字？

> **7** **Cependant** + indicatif =
> **Néanmoins** + indicatif =
> **Toutefois** + indicatif   然而

典雅語言 (langue soutenue)。表達限制 (restriction) 的意思。若想要在附屬子句裡多增加一些元素以解釋主要子句，就用 cependant、néanmoins 及 toutefois。

◉ L'escalade de cette montagne semble facile ; **cependant**, il faut être prudent.
爬這座山似乎簡單，然而得要十分謹慎。
> 説明：附屬子句説明得要十分謹慎，不能輕忽爬這座看似容易的山。

◉ Ce match paraît à notre portée* ; **toutefois**, nous ne devrions pas sous-estimer* nos adversaires.
要贏得這場比賽看來不難，然而我們不該低估我們的對手。
> 説明：附屬子句説明不該低估對手，輕忽對方的實力。

*à notre portée 觸手可及   *sous-estimer 低估

> **8** **En fait = En réalité**   事實上

表達對立 (opposition) 的意思。主要子句與附屬子句的意思完全對立。注意 en fait 前後之標點符號。

◉ Certains étudiants sont inscrits dans le département de français ; **en fait**, ce n'était pas leur premier choix.
有些學生在法文系註冊，但事實上這不是他們的首選。

◉ M. Legrand est un homme d'affaires prospère ; **en réalité**, il ne consacre pas beaucoup de temps à son travail.
M. Legrand 是位成功的企業家，但事實上他並沒花很多時間在他的事業上。

9 | **Sauf que** + indicatif =
Si ce n'est que + indicatif　除……以外、只是

　　表達限制 (restriction) 的意思。Sauf que 比 Si ce n'est que 常用。主要子句表達大的優點，而附屬子句表達小的缺點，但也不會影響到主要子句。

◉ C'est un bon film, **sauf qu'**il est un peu long.
　　這是一部好的影片，只是有一點長。
　　　　大優點　　　　　　　小缺點

◉ C'est une belle ville, **si ce n'est qu'**il n'y a pas beaucoup d'espaces verts.
　　這是一個美麗的城市，只是沒有很多綠地。
　　　　大優點　　　　　　　小缺點

une agrafeuse　　　　　un correcteur　　　　　une gomme

10 | **Bien que** + subjonctif =
Quoique + subjonctif　雖然

　　Bien que 與 Quoique 皆可置於句首或句中。Bien que 比 quoique 常用。表達單純的對立 (opposition simple) 的意思。

◉ **Bien qu'**elle dorme peu, elle est toujours en forme le matin.
　= **Quoiqu'**elle dorme peu, elle est toujours en forme le matin.

⦿ Elle est toujours en forme le matin **bien qu**'elle dorme peu.

= Elle est toujours en forme le matin **quoiqu**'elle dorme peu.

她雖然睡得少，但是她早上精神總是很好。

説明：她有鋼鐵人般的身體。請注意中譯的意思，「雖然……但是」。
但法文句裡不能再出現 mais。

⦿ **Quoiqu**'il ait fait *de son mieux*, il a échoué.

= **Bien qu**'il ait fait *de son mieux*, il a échoué.

他雖然盡了力，但是他還是失敗了。

* Quoiqu'il ait fait 是 subjonctif passé，表示事情已經發生過了。

* de son (mon) mieux 盡他（她）（我）的能力。

注意 quoique 雖然（一個字）

quoi que 不管什麼、無論什麼（兩個字），參考 p.163。

---

11 **Encore que** + subjonctif　儘管、雖然

表達限制 (restriction) 的意思。沒有 bien que 和 quoique 常用。Encore que 置於附屬子句之句首時，之前要加逗點符號。

⦿ Le professeur a attribué une excellente note à Monique, **encore que** son devoir ne soit pas sans défauts.

儘管 Monique 的作業還有錯誤，老師還是給她高分。

⦿ Nina décide* d'épouser Daniel, **encore qu**'elle ne soit pas au courant de* tous les événements majeurs de son passé.

雖然 Nina 不知道 Daniel 過去所有的大事，她還是決定嫁給他。

* décider de + verbe à l'infinitif 決定做某件事情

* être au courant de qqch 知道某件事情

Les richesses de la grammaire française　法文文法瑰寶：自主學習進階版

12 **Tout + adjectif + que** + subjonctif　雖然、儘管

典雅語言 (langue soutenue)。表達讓步 (concession) 的意思。

◉ **Tout** taïwanais **qu**'il soit, il n'est jamais monté à la tour 101.
　= **Bien qu**'il soit taïwanais, il n'est jamais monté à la tour 101.
　雖然他是台灣人，他還是從來沒有爬上 101。

◉ **Tout** cinéphile **qu**'il soit, il ne connaît pas cet acteur fameux.
　= **Bien qu**'il soit cinéphile, il ne connaît pas cet acteur fameux.
　雖然他是個電影迷，他還是不認識這位聞名的男演員。

13 **Si** + indicatif　雖然

典雅語言 (langue soutenue)，用於書寫。表達對立 (opposition) 或讓步 (concession)
的意思。si 可置於附屬子句之句首或插在句中。

◉ Cette méthode pédagogique, **si** elle est très intéressante, doit encore être
améliorée.
　= **Bien que** cette méthode pédagogique soit très intéressante, elle doit
　encore être améliorée.
　雖然這個教學法很有趣，但是還得再改進。
　説明：請注意中譯的意思，「雖然⋯⋯但是」。但法文句裡不能再出現 mais。

◉ **Si** le premier film de ce metteur en scène a été un chef-d'œuvre, le dernier
s'avère de qualité moyenne.
　雖然這個導演的第一部影片曾是傑作，但是最後一部則顯得是中等作品。
　説明：請參考上句之解釋。

L'expression de l'opposition　對立之表達方式

Leçon
9

14 **Quelque + adjectif + que** + subjonctif　雖然、儘管

請參考說明 12。因 Quelque 是副詞，所以不能變化。

◉ Cette décision, **quelque** douloureuse **qu'**elle soit à prendre, s'avère nécessaire.
　= Cette décision, **bien qu'**elle soit douloureuse à prendre, s'avère nécessaire.
雖然要採取這個決定很痛苦，但還是勢在必行。

◉ La pluie, **quelque** forte qu'elle soit, ne l'empêche* pas de sortir.
　= La pluie, **bien qu'**elle soit forte, ne l'empêche pas de sortir.
儘管雨再大，他（她）還是要出門。

　*empêcher qqn de + verbe à l'infinitif 禁止某人做某事情

15 **Pour + adjectif + que** + subjonctif　雖然、儘管

請參考說明 12。

◉ Ce politicien, **pour** éloquent **qu'**il soit, manque* d'efficacité.
　= Ce politicien, **bien qu'**il soit éloquent, manque* d'efficacité.
雖然這位政客能言善道，他還是缺乏效率。

　*manquer de qqch 缺乏某樣東西

◉ Ce problème, **pour** compliqué qu'il soit, est tout à fait soluble.
　= Ce problème, **même s'**il est compliqué, est tout à fait soluble.
儘管這個問題很複雜，還是可以徹底解決的。

16 **Si + adjectif + que** + subjonctif　不管（儘管）……到什麼程度

表達讓步 (concession) 的意思。雖然是如此，還是有表達好或壞的結果。形容詞隨著後面主詞陰陽性變化。

⊚ **Si** violente* **qu**'ait été l'explosion, la bombe n'a fait aucune victime.

= **Bien que** l'explosion ait été violente, la bombe n'a fait aucune victime.

儘管爆炸力如此地強烈，炸彈還是沒有造成一個傷亡者。

説明：表達好的結果。

* 因為主詞是 l'explosion，所以才用陰性形容詞 violente。

⊚ Ce plat, **si** délicieux* **qu**'il soit, on s'en lasse* vite.

= **Bien que** ce plat soit délicieux, on s'en lasse vite.

儘管這道菜如此地美味，人們還是很快就不想吃了。

説明：表達不好的結果。

* 因為主詞是 ce plat，所以才用陽性形容詞 délicieux。

*se lasser de qqch 對某事厭倦

un smartphone　　　un chargeur de smartphone　　　une clé USB

17 **À moins que** + subjonctif　除非

表達限制 (restriction) 及假設的想法 (idée d'hypothèse) 的意思。

⊚ Ce projet sera adopté à l'ONU **à moins que** certains pays y* opposent leur veto.

= Ce projet sera adopté à l'ONU, **sauf si** certains pays y opposent leur veto.

這個計畫將會被聯合國採納，除非某些國家反對否決權。

*Y = à ce projet

◉ Nous ferons comme convenu* **à moins que** vous manifestiez votre désaccord.

= Nous ferons comme convenu **excepté si** vous manifestez votre désaccord.

我們將照原定的計畫去做，除非你們表達不同意。

*comme convenu 如同約定的

---

18 **Quel, quelle, quels, quelles + que + être + sujet　不管**

表達對立 (opposition) 及讓步 (concession) 的意思。que 之後就接 être 動詞。因 Quel 是形容詞，要與名詞的陰陽性及單複數配合。

◉ **Quel* que soit** le temps, il fait du jogging chaque jour.

不管天氣好壞，他每天都去慢跑。

* 因為主詞是 le temps，所以才用陽性 Quel。

◉ **Quelle* que soit** votre opinion, dites-la.

不管您的意見如何，就說出來吧！

* 因為主詞是 votre opinion，所以才用陰性 Quelle。

---

19 **Quelque(s) + nom + que + subjonctif　不管、無論**

典雅語言 (langue soutenue)。Quelque 是形容詞，要與名詞的單複數配合。

◉ Cet enfant, **quelques** cadeaux **qu**'on lui offre, n'en*est jamais satisfait*.

不管人們送這個小孩什麼禮物，他從來都不滿意。

*être satisfait de qqch 對某事感到滿意

*en 人稱代名詞 = de qqch (de ces quelques cadeaux)。

*Cet enfant n'est jamais satisfait de ces quelques cadeaux.

　→ Cet enfant n'**en** est jamais satisfait.

◉ Concernant la disparition de Louis, **quelques** nouvelles **que** nous ayons, on vous les fera savoir.

有關 Louis 的失蹤，不管我們有什麼消息，我們都會告訴你們。

20 **Qui que** + subjonctif　不管誰、不論誰（人）

　　表達對立 (opposition) 及讓步 (concession) 的意思。Qui 代表不確定的一個人，que 之後就接主詞與動詞。

◉ **Qui que** vous soyez, suivez le règlement.
　　不論您是誰，都要遵守規則。

◉ **Qui que** vous admiriez, restez vous-même.
　　不管您欣賞什麼人，還是做您自己。

21 **Quoi que** + subjonctif　不管什麼、無論什麼（東西）

　　Que 之後常用的動詞有 dire, faire, penser 等等。

◉ **Quoi que** je fasse, mes parents me soutiennent*.
　　不管我做什麼事情，我的父母親都支持我。
　　*soutenir qqn 支持某人。

◉ **Quoi que** ce candidat affirme, ses adversaires le contredisent* toujours.
　　不管這位候選人斷然說什麼話，他的對手總是反駁他。
　　*contredire qqn 反駁某人。

22 **Où que** + subjonctif　無論哪裡（地方）

◉ Pendant mon voyage, **où que** je sois, je te téléphonerai.
　　在我的旅行期間，無論我在哪裡，我會打電話給你（妳）。

◉ **Où qu**'il aille, il s'adapte* facilement à sa nouvelle vie.
　　無論他去哪裡，他都很容易適應新的生活。
　　*s'adapter à qqch 適應某事

L'expression de l'opposition　對立之表達方式

une hirondelle   un moineau   un aigle

23 **Quand bien même** + conditionnel présent ou passé　即使

不僅表達對立 (opposition) 也有假設的想法 (idée d'hypothèse) 的意思。

◉ **Quand bien même** le maire offrirait* une subvention à tous les habitants de son village, il ne serait pas réélu.

= **Même si** le maire offrait une subvention à tous les habitants de son village, il ne serait pas réélu.

即使市長將提供一份補助費給全村的居民，他還是不會再當選的。

> 說明：或許市長做的不是很好，即使未來他要提供補助費用給全村的居民，他再次當選的機
> 率也不會太高。在此請特別注意法語語氣及時態之用法，表達在未來要實現事情之
> 可能性較小：
> - Quand bien même + conditionnel présent + conditionnel présent
> - Même si + imparfait + conditionnel présent

*offrir qqch à qqn 送東西給某人

◉ **Quand bien même** il aurait fait un temps superbe hier, nous ne serions pas sortis.

= **Même s'**il avait fait un temps superbe hier, nous ne serions pas sortis.

即使昨天天氣很好，我們還是沒有出門。

> 說明：或許昨天太忙，而沒有時間做其它的事情。在此請特別注意法語語氣及時態之用法，
> 表達與過去事實相反的事情：
> - Quand bien même + conditionnel passé + conditionnel passé
> - Même si + plus-que-parfait + conditionnel passé

24 **Quitte à** + verbe à l'infinitif 　即使、哪怕

介詞短語 (locution prépositionnelle)。不定式的主詞與主要子句的主詞是相同的。

◉ **Quitte à** échouer, je veux préparer ce concours difficile.
= **Même si** je risque d'échouer, je veux préparer ce concours difficile.
即使會失敗，我還是想要準備這個困難的考試。

◉ Il vaut mieux* tout vérifier, **quitte à** perdre du temps.
= Il vaut mieux tout vérifier **même si** on peut perdre du temps.
即使會浪費時間，最好還是全部檢查一次。
* Il vaut mieux + verbe à l'infinitif 最好

25 **Sans** + verbe à l'infinitif 　沒有、無

不定式的主詞與主要子句的主詞是相同的。

◉ Elle a fêté son anniversaire **sans** inviter* sa meilleure amie.
她慶祝她的生日，而沒有邀請她最好的女性朋友。
説明：沒有邀請她最好的女性朋友之原因：或許她生病或太忙等等。
* inviter qqn 邀請某人。

◉ Il est entré **sans** me saluer*.
他進來，而沒有跟我打招呼。
* saluer qqn 跟某人打招呼

26 **Sans que** + subjonctif 　不、沒有

表達否定的對立 (opposition négative) 的意思，換句話說由 sans que 所引出的附屬子句有否定之意。主要子句與附屬子句的主詞是不同的。

◉ Anne a quitté Taïwan **sans que** ses parents soient d'accord.
Anne 離開了台灣，而她的父母親卻不同意。

● Il a une amante **sans que** sa femme le sache.

他有一位情婦，而他的太太卻不知情。

---

27 **Malgré** + nom =
En dépit de + nom　不管、不顧、雖然、儘管

En dépit de 典雅法文 (langue soutenue)。

● **Malgré** vos arguments, mon associé ne vous croit pas.

不管您什麼論點，我的合夥人還是不會相信您的。

說明：請注意中譯的意思，「不管……還是」。但法文句裡不能再出現 quand même。

● Il a 90 ans. **En dépit de** son grand âge, il est encore énergique.

儘管他高齡九十歲，他還是精力充沛。

說明：如上句。

---

28 **Malgré** + pronom tonique　無心地、無意地

無法控制自己而……

● Il a explosé de colère **malgré** lui.

他不由自主地發怒了。

● Elle a pleuré **malgré** elle.

她情不自禁地哭了。

un ours　　　　un panda　　　　un koala

29 **Contrairement à** + pronom tonique ou nom　　與⋯⋯相反

◉ **Contrairement à** vous, je n'ai jamais habité en Suisse.

跟您相反，我從來沒有住過瑞士。

◉ **Contrairement à** son mari, elle ne s'intéresse* pas à la sculpture.

跟她的先生相反，她對雕刻不感興趣。

* s'intéresser à qqch 對某事感興趣

30 **Par contre = En revanche**　相反地

　　表達對立 (opposition)。Par contre 是口語法語 (langue parlée)，而 En revanche 是典雅法語 (langue soutenue)。前者比後者更常用。主要子句與附屬子句的主詞是相同的，但是比較不同的兩件事情。

◉ Ce musée est fermé le mercredi, **par contre** il ouvre les autres jours.

這間博物館每週三關門，相反地其他的時間都開放。

説明：主詞是博物館。比較的是開放參觀的時間：星期三關門，其他的日子是開放的。

◉ Il a déjà lu toutes les pièces de théâtre de Racine*, **en revanche** il ignore celles* de Corneille*.

他已經都閱讀過 Racine 所有的劇本，相反地他不知道 Corneille 的劇本。

* celles 指示代名詞 (pronom démonstratif) = les pièces。

* Jean Racine（讓・拉辛）、Corneille（高乃依）和 Molière（莫里哀）是十七世紀最偉大的三位法國劇作家。

31 **Au contraire** 相反地

　　表達對立 (opposition) 的意思，常用於對話。

◉ A : Tu as raté ton train, tu es triste ?

你（妳）沒搭上你（妳）的火車，你（妳）難過嗎？

B : **Au contraire**, grâce à ça, j'ai rencontré à la gare une bonne amie perdue de vue*.

相反地，多虧此事，我在火車站遇見一位很久不見的女性好友。

＊ perdre de vue 不再與某人來往

◉ A : Il est tard, je vous dérange ?

時候不早了，我是否打擾您？

B : **Au contraire**, je suis très ravi(e) de vous voir.

相反地，我非常地開心見到您。

---

32 **Seulement = Mais**　不過、可是

用於通俗用語 (langue familière)。表達限制 (restriction) 的意思。

◉ Vous pouvez utiliser mon téléphone, **seulement** pas plus de 3 minutes.
= Vous pouvez utiliser mon téléphone, **mais** pas plus de 3 minutes.

您可以用我的手機，不過不能超過 3 分鐘。

◉ Dans cette médiathèque, on peut emprunter des DVD, **seulement** pas plus de deux par personne.

在這個視聽中心，人們可以借 DVD，可是一人不能超過兩張。

注意 Seulement 有兩個意思：1) 只有。
　　　　　　　　　　　　　　2) 不過、可是。在本章是第二種意思。

---

33 **Au lieu de** + verbe à l'infinitif　不……反而

不定式的主詞與主要子句的主詞是相同的。

◉ **Au lieu d**'étudier, il s'amuse.
= Il n'étudie pas, **mais** il s'amuse.

他不念書反而愛玩。

説明：Au lieu d'étudier 不唸書。

◉ Il est tard. **Au lieu de** dormir, l'enfant joue aux jeux vidéo.

= Il est tard. L'enfant ne dort pas, **mais** il joue aux jeux vidéo.

時候晚了，小孩不睡反而在打電動遊戲。

說明：Au lieu de dormir 不睡覺。

34 **Loin de** + verbe à l'infinitif　不、沒有

介係詞短語 (locution prépositionnelle), 典雅語言 (langue soutenue)。不定式的主詞與主要子句的主詞是相同的。

◉ Quand il a obtenu une promotion de travail à l'étranger, **loin de** s'en réjouir*, il l*'a rejetée*.

當他獲得升遷到國外的消息之後，他無喜悅反而放棄了。

說明：當他獲悉此消息之後，喜憂參半，如果是被調到國外，對小孩不方便等等。所以他不高興反而放棄。

* se réjouir de qqch 對某事感到高興

* s'en 兩個人稱代名詞。En = de qqch (de la promotion)，

　...loin de se réjouir de la promotion,... → ...loin de s'en réjouir

* il l'a rejetée = la promotion

* il l'a rejetée*：在複合過去時，假如直接人稱代名詞放在助動詞之前，過去分詞就

配合　　要與直接人稱代名詞配合。

◉ Quand on lui a annoncé* que sa voiture avait été volée, **loin d**'être en colère*, il a éclaté de rire*.

當人家告訴他他的車子被偷了，他沒有生氣反而大笑了。

說明：事實上，他不知道如何處理這部老車，車子被偷反而救了他。

* annoncer à qqn 跟某人宣布　　* éclater de rire 捧腹大笑

35 **Avoir beau** + verbe à l'infinitif　徒然、枉然

動詞短語 (locution verbale)，表達讓步 (concession)。此動詞短語之位置總是置於句首。表達事情的結果非原先所期待的。不定式的主詞與主要子句的主詞是相同的。

Avoir beau 可用於各個時態，在此只列現在時、複合過去時及未來時，只要變化 avoir 即可。例如：

現在時：J'ai beau / Tu as beau / Il (Elle) a beau / Nous avons beau...

複合過去時：J'ai eu beau / Tu as eu beau / Il (Elle) a eu beau / Nous avons eu beau...

未來時：J'aurai beau / Tu auras beau / Il (Elle) aura beau / Nous aurons beau...

◉ **J'ai beau** chercher mes clés, je ne les trouve pas.

我努力去找我的鑰匙，我還是找不到。

說明：努力去做，但還是達不到目的。

◉ L'automobiliste **a eu beau** protester, il a dû payer une lourde amende.

駕駛員枉費為自己辯護，他還是要繳一筆很重的罰金。

說明：如上句。

◉ Tu **auras beau** insister, elle n'acceptera pas ta proposition.

你（妳）堅持也沒有用，她將不會接受你（妳）的提議。

說明：如上句。

un hippopotame　　　un rhinocéros　　　un éléphant

36 Or　不過、然而

Or 之後加一個新的元素而改變期待的結果。新的結果之前會加 donc, alors, par conséquent。

◉ Je voulais voyager en TGV ; **or** il n'y avait plus de places, donc j'ai pris l'avion.

我過去一直想搭 TGV 旅行;不過沒有位子了,因此我就搭了飛機。

◉ Nina aimait Marc ; **or** il avait déjà une petite amie, donc elle a choisi Jules.

Nina 過去一直喜歡 Marc,然而他早已經有了女朋友,因此 Nina 就選擇了 Jules。

37 **Pour autant** 但是

副詞短語 (locution adverbiale)。表達讓步 (concession) 的意思。置於句尾,之前的句子是否定句。

◉ Il lit beaucoup, il n'est pas très cultivé **pour autant**.

= **Bien qu**'il lise beaucoup, il n'est pas très cultivé.

他看很多書,但是他依然不是一個很有學問的人。

說明:雖然他看很多書,但是如果只看漫畫書或記憶不好,也會忘記所看過的東西。

◉ Elle est richissime, elle n'est pas généreuse **pour autant**.

= **Bien qu**'elle soit richissime, elle n'est pas généreuse.

她非常富有,但是她還是不慷慨。

38 **Tout + Gérondif** 雖然

表達讓步 (concession) 的意思。請參考副動詞 p. 70。

◉ **Tout en connaissant** les nombreuses qualités de Tom, Lisa ne s'intéresse* pas à lui.

= **Bien que** Lisa connaisse les nombreuses qualités de Tom, elle ne s'intéresse pas à lui.

雖然 Lisa 知道 Tom 有很多優點,但是她還是對他不感興趣。

說明:Tom 有優點,但不想要有小孩,可是 Lisa 想要,所以就對 Tom 不感興趣。

* s'intéresser à qqn 對某人感興趣

◉ **Tout en sachant** les avantages d'habiter dans ce quartier, il préfère en choisir un autre.

= **Bien qu'**il sache les avantages d'habiter dans ce quartier, il préfère en choisir un autre.

雖然他知道住在這個地區有好處，但是他還是比較喜歡選擇另外一個地區。

說明：雖然這個地區有學校，但不適合他的小孩，所以才要想選另外一個地區。

---

39 Conditionnel 條件式

雖然句中既無 si，也無其他連接詞，但是言下之意有條件的意思，因此主要子句及附屬子句都用條件式。

◉ Tu lui **dirais** la vérité, elle ne te **croirait** pas.

= **Même si** tu lui disais la vérité, elle ne te croirait pas.

即使你（妳）現在跟她說實話，她也不會相信你（妳）。

說明：你（妳）現在並沒跟她說實話，
表達與現在事實相反：si + imparfait + conditionnel présent。

◉ Tu lui **aurais dit** la vérité, elle ne t'**aurait** pas **cru(e)**.

= **Même si** tu lui avais dit la vérité, elle ne t'aurait pas cru(e).

即使你（妳）那個時候跟她說實話，她也不會相信你（妳）。

說明：你（妳）過去也沒跟她說實話，事情已經發生過了而沒做。
表達與過去事實相反：si + plus-que-parfait + conditionnel passé。

une girafe　　　　un kangourou　　　　un léopard

Les richesses de la grammaire française 法文文法瑰寶：自主學習進階版

B · Citations
名言

❶ J'ai voulu briller comme le soleil, **alors que** je n'étais qu'un reflet de la lune (Stéphane Grisard).

❷ Aimer, c'est beau, **quel que soit** le temps (Jeff Paillat).

C · Exercices
練習

Niveau 1

Utilisez :

- **Alors que**
- **Cependant (= Néanmoins = Toutefois)**
- **En fait (= En réalité)**
- **Mais... quand même (= Mais... tout de même)**
- **Même si**
- **Pourtant**
- **Sauf que (= Si ce n'est que)**

- **Au contraire**
- **Contrairement à**
- **Malgré (= En dépit de)**
- **Mais**
- **Par contre (= En revanche)**
- **Sans**
- **Tandis que**

① Il est entré dans la salle _____ me dire "bonjour."

② _____ mes amis, je n'aime pas cette peinture.

L'expression de l'opposition　對立之表達方式

Leçon
9

③ C'est une très bonne maison, _____ c'est un peu cher.

④ André est un bon ami, _____ il dit parfois des plaisanteries bizarres.

⑤ La médecine a fait beaucoup de progrès; _____, il y a des maladies qu'on ne peut pas guérir.

⑥ Jacques travaille comme ingénieur _____ son frère est chauffeur de taxi.

⑦ Elle n'a jamais lu ce roman célèbre _____ elle en parle souvent _____.

⑧ _____ son charme, elle n'a pas de petit ami.

⑨ Elle habite à Taipei depuis longtemps, _____ elle n'est jamais allée au musée national du Palais.

⑩ Le père de René semble être un sexagénaire ; _____, il a 85 ans.

⑪ Elle est déjà rentrée chez elle _____ elle avait encore du travail à faire au bureau.

⑫ Elle n'est pas familière avec la cuisine thaïlandaise, _____ elle a déjà goûté presque tous les plats japonais.

⑬ Il était en colère. Il est parti _____ rien dire.

⑭ Elle accepte de faire ce travail difficile _____ elle n'a aucune expérience.

⑮ Demain, _____ il pleut, nous irons à la montagne.

⑯ Éric a une bonne relation avec sa mère, _____ il s'entend mal avec son père.

Les richesses de la grammaire française　法文文法瑰寶：自主學習進階版

⑰ Elle touche un bon salaire, _____ elle a toujours des problèmes d'argent.

⑱ C'est une très belle ville, _____ les rues sont un peu sales.

⑲ Ton ami est gentil, _____ distant.

⑳ Jacques aime la mer _____ sa femme préfère la montagne.

㉑ _____ vous, je n'ai jamais fait ce type d'expérience.

㉒ _____ ces enfants sont bruyants, leurs parents les aiment beaucoup.

㉓ Elle a beaucoup de travail à faire, _____ elle ira en vacances

_____ .

㉔ _____ la pollution de l'air, il ne porte pas de masque.

㉕ A : Ton plan a échoué . Tu es déçu (e) ?

   B : _____ , j'en ai appris des leçons enrichissantes.

㉖ Les parents croyaient que leur enfant dormait ; _____ , il était en train de jouer avec son ordinateur.

㉗ C'est facile à dire ; _____ , c'est difficile à faire.

Niveau
2

Utilisez :

- **À moins que**
- **Avoir beau**
- **Au lieu de**
- **Bien que (= Quoique)**
- **Encore que**
- **Expliquer, croire** *(conditionnel passé)*
- **Loin de**
- **Or**
- **Où que**
- **Pour... que (= Tout... que = Quelque... que)**
- **Pour autant**
- **Quand bien même**
- **Quelque... que**
- **Quelques... que**
- **Qui que**
- **Quitte à**
- **Quoi que**
- **Quelle que**
- **Quels que**
- **Refuser, rester** *(conditionnel présent)*
- **Sans que**
- **Savoir** *(gérondif)*
- **Seulement**
- **Si**
- **Si… que**

① Cet examen, _____ difficile _____ il ait été, beaucoup d'étudiants l'ont réussi.

② _____ économiser de l'argent pour son avenir, il dépense tout avec ses amis.

③ Isabelle a épousé Marc _____ ses parents le sachent.

④ _____ Paul ait fait beaucoup d'efforts, il n'a pas réussi son projet.

⑤ Elle est malade. _____ se reposer, elle travaille.

⑥ Il _____ travailler seize heures par jour, il ne gagne pas beaucoup d'argent.

Les richesses de la grammaire française 法文文法瑰寶：自主學習進階版

⑦ Luc avait le projet de collaborer avec Lionel ; _____ celui-ci était indisponible, donc il travaillera avec Antoine.

⑧ Il a fait beaucoup d'efforts, il n'a pas réussi _____.

⑨ Après avoir quitté Taiwan, _____ vous soyez, n'oubliez pas de me donner de vos nouvelles.

⑩ Le député a été très critiqué par ses adversaires. _____ s'énerver, il leur a calmement répondu.

⑪ Tout _____ les défauts de cette voiture d'occasion, il veut l'acheter *(un verbe au gérondif)*.

⑫ Elle _____ de m'aider, elle _____ toujours ma meilleure amie *(deux verbes au conditionnel présent)*.

⑬ Elle a perdu son sac. Elle_____ chercher, elle ne l'a pas trouvé.

⑭ Quand elle a reçu ce cadeau, _____ être contente, elle n'a rien dit.

⑮ Ce professeur, _____ compétent _____ il soit, ne dialogue pas beaucoup avec ses étudiants.

⑯ Chaque jour, il fait du sport, il n'est pas en bonne santé _____.

⑰ Je voulais acheter des oranges ; _____ il n'y en avait plus, donc j'ai pris des pommes.

⑱ _____ elle mange, elle ne grossit pas.

⑲ _____ soient vos sentiments, dites-les-moi.

⑳ _____ perdre du temps, je veux essayer encore une fois.

㉑ _____ elle décide de faire, elle préfère d'abord demander l'avis de ses amis.

㉒ Nous dînerons dans un restaurant italien _____ Sylvain ne soit pas d'accord.

㉓ Le chef, _____ compliment _____ on lui fasse, reste impassible.

㉔ Ce musée est petit. On peut le visiter, _____ pas plus de dix personnes en même temps.

㉕ _____ soit votre situation, je ne vous laisserai pas tomber.

㉖ _____ vous soyez, vous devez faire la queue comme tout le monde.

㉗ _____ elle voyage, elle prend toujours beaucoup de photos.

㉘ Nous ferons une balade en forêt _____ il pleuve.

㉙ Candice veut signer ce contrat important, _____ elle n'en connaisse pas tous les détails.

㉚ _____ Coralie se rappelle l'anniversaire de sa meilleure amie, elle ne lui offre jamais de cadeau à cette occasion.

㉛ _____ il ferait beau demain, on ne sortirait pas car on a un travail urgent à faire.

㉜ Ce projet, _____ efforts _____ on fasse, ne débouchera pas forcément sur un résultat positif.

㉝ Mon voisin, _____ services _____ je lui rende, n'est jamais aimable envers moi.

㉞ Thomas _____ la raison de son absence à Marie, elle ne l'_____ pas_____ (*deux verbes au conditionnel passé*).

D Une question simple
一個簡單的問題

Savez-vous bien utiliser **pourtant** et **pour autant** ?

你會善用 pourtant 及 pour autant 嗎？

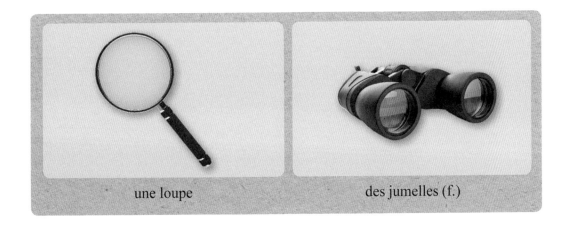

une loupe des jumelles (f.)

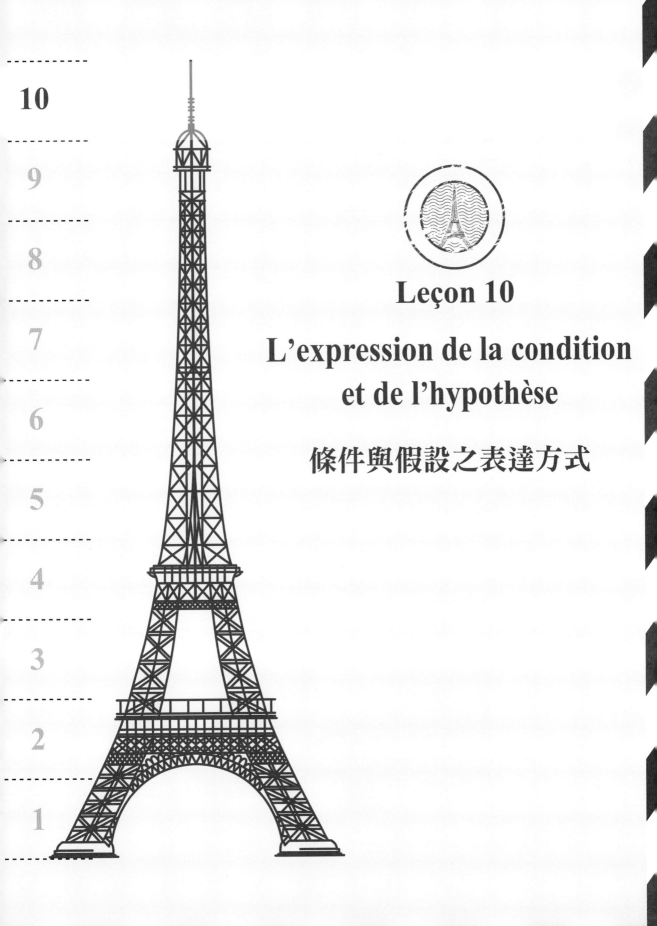

10

9

8

7

6

5

4

3

2

1

Leçon 10

L'expression de la condition et de l'hypothèse

條件與假設之表達方式

看到「假設」這兩個字就會聯想到由「Si」引出表達假設語氣之用法，在《法語凱旋門：文法圖表精解》的第十六章我們列出七項表達假設條件 (Si) 的句型。然而在本書我們將要談其它表達條件與假設之用法。

在中文裡要表達條件與假設其實不難，只要使用「如果、只要、除非、萬一」等等的字。但是在法文裡就比較複雜，因為不僅要考慮到如何選擇不同的連接詞或介係詞，而且還要注意之後是接子句、名詞或不定式原形動詞，最難的還是如何靈活運用句中的動詞。

表達條件與假設的方式很多，在此先茲舉三例，以讓學習者參考。其他之用法則會隨後陸續介紹。

❶ **En cas de** problème, appelle-moi.

萬一有問題，打電話給我。

説明：En cas de「萬一」，連接詞短語 + 名詞。

❷ **Sans** eau, on ne peut pas vivre longtemps.

沒有水，人們不能活太久。

説明：Sans「沒有」，介係詞 + 名詞。

❸ Je vous prête ce DVD **à condition que** vous me le rendiez demain.

只要您能於明天還我這片 DVD，我就可以借給您。

説明：à condition que「在條件之下」，連接詞短語 + 虛擬式。

◉ **En cas d**'absence, adressez-vous au bureau d'à côté.

萬一我不在，請您洽旁邊的辦公室。

◉ Elle parle à son chien **comme si** c'était une personne.

她對她的狗說話就好像是對一個人說話一樣。

A **Explications grammaticales et exemples**
文法解說與舉例

1 **Avec**　有、如果有

◉ **Avec** les conseils d'un expert, je réussirai sûrement.

= **Si** j'ai les conseils d'un expert, je réussirai sûrement.

如果有一位專家的勸言，我一定會成功。

說明：Si + présent + futur simple。

◉ **Avec** un peu plus de vin blanc, votre fondue savoyarde* serait meilleure.

= **Si** vous ajoutiez un peu plus de vin blanc, votre fondue savoyarde serait meilleure.

如果在 fondue savoyarde 裡再多加一點的白酒，就會比較好吃。

說明：因為沒有在 fondue savoyarde 多加一點的白酒，所以就沒有那麼好吃。與現在事實相

反：Si + imparfait + conditionnel présent。

* fondue savoyarde 是法國東南地區的一道名菜。

Leçon
10

2 **Sans** 如果不是、如果沒有

◉ **Sans** amis, la vie serait monotone.

= **Si** on n'avait pas d'amis, la vie serait monotone.

如果沒有朋友，人生就很單調。

說明：所幸在我們的人生裡都有朋友，才不會很單調。

與現在事實相反：Si + imparfait +conditionnel présent。

◉ **Sans** votre conseil, je n'aurais pas pu obtenir ce poste intéressant.

= **Si** je n'avais pas suivi votre conseil, je n'aurais pas pu obtenir ce poste intéressant.

如果那時沒有您的勸言，我也無法獲得這份有趣的職位。

說明：所幸那時聽了您的勸言，我才能獲得這份有趣的職位。

與過去事實相反：Si + plus-que-parfait + conditionnel passé。

3 **Gérondif** 副動詞

請參考第三章。

◉ **En travaillant** davantage, tu obtiendras une promotion.

= **Si tu travailles** davantage, tu obtiendras une promotion.

如果你（妳）多努力，就會獲得升遷。

◉ **En cherchant** bien, vous trouverez.

= **Si vous cherchez** bien, vous trouverez.

如果你們好好地找，就會找到。

說明：這句話不一定是找到東西的意思，也可以比喻「如果有毅力就會成功」。

4 **Même si** + indicatif 即使

表達「對立」(opposition) 與「假設的想法」（idée d'hypothèse）。

◉ Il tient absolument à* réaliser son projet **même si** cela lui demandera au moins dix ans d'efforts.

即使他的計畫將要花他至少 10 年的努力時間，他也絕對堅持去實現它。

*tenir à + verbe à l'infinitif 堅持做一件事情。

◉ **Même si** le concert de ce chanteur était gratuit, je n'irais pas l'écouter.

即使這位男歌手的演唱樂會是免費的，我也不會去聽。

> 説明：此句有兩個意思：
>
> 1. 與現在事實相反：目前沒有這位男歌手開演唱會。
>
> 2. 未來要實現的可能性較小：這位男歌手未來要開演唱會的可能性較小。

5 **Sauf si** + indicatif =
Excepté si + indicatif　除非 (有)⋯⋯不然

表達「限制」(restriction) 與「假設的想法」(idée d'hypothèse) 的意思。

◉ Je viendrai à l'heure, **sauf si** j'ai un empêchement de dernière minute.
= Je viendrai à l'heure, **excepté si** j'ai un empêchement de dernière minute.

我會準時到的，除非我在最後一分鐘臨時有事。

◉ Nous arriverons avant 15 heures, **sauf s'**il y a des embouteillages.
= Nous arriverons avant 15 heures, **excepté s'**il y a des embouteillages.

我們將於 15 點前到，除非塞車。

6 **Comme si** + indicatif　好像、猶如

表達「比較」(comparaison) 的意思，具有不真實的事件。
只用在兩種時態：
1) 過去未完成時 (imparfait)，表示時間的同時性。
2) 愈過去時 (plus-que-parfait)，表示比複合過去時早完成。

◉ Elle parle à son chien **comme si** c'était une personne.

她對她的狗說話就好像是對一個人說話一樣。

說明：事實上這是一隻狗，不是一個人。

◉ Il mange beaucoup **comme s'**il n'avait rien pris depuis trois jours.

他吃很多就好像他三天沒吃東西了。

---

7 **Dans la mesure où** + indicatif　在⋯⋯的範圍內

可用「比例之想法」來瞭解該連接詞之用法，如同 au fur et à mesure「隨著」之
用法，請參考 p. 30-31。

◉ **Dans la mesure où** il y a des variations* de température, il vaut mieux* être
bien couvert.

隨著氣溫變化之下，最好要穿得溫暖。

說明：氣溫高不必穿多，但氣溫低就要多穿。

* il vaut mieux + verbe à l'infinitif 最好。

◉ Les gens consomment différemment **dans la mesure où** le coût de la vie
augmente ou baisse.

隨著物價上漲或下降，人們消費不盡相同。

說明：物價上漲人們消費少，但物價下降人們就可多消費。

---

8 **Selon que... ou** + indicatif =
Suivant que... ou + indicatif　按照、根據

該用法在句中會出現兩種假設 (hypothèses) 與一個對立的想法 (idée d'opposition)。

◉ **Selon qu'**on déjeune **ou*** qu'on dîne dans ce restaurant, le menu n'est pas
exactement le même.

人們在這家餐廳用中餐或晚餐，菜單不會完全一樣。

　　　　　（假設）（假設）　　（對立的想法）

◉ **Suivant que** nous prendrons l'avion **ou*** le TGV, nous voyagerons dans des conditions très différentes.

我們搭飛機或搭子彈列車時，旅行的條件會是不相同的。

　　（假設）　　（假設）　　　　　（對立的想法）

* 如果接子句，要多加 que。

* 如果只接名詞，只需加 ou。

un four à micro-ondes　　une cocotte-minute　　un grille-pain

9　**À condition de** + verbe à l'infinitif　只要、只須

置於句中。表達不可或缺的條件。不定式的主詞與主要字句的主詞是相同的。

◉ Elle fera le tour du monde **à condition de** trouver des compagnons.

只要她找到幾個同伴，她將去環遊世界。

說明：她將去環遊世界，條件是要找到幾個她的同伴。

◉ Il est permis de* photocopier ce livre rare **à condition d**'avoir une autorisation.

只要有授權，就能影印這本珍貴的書。

說明：要影印這本珍貴的書，條件是要有授權。

* Il est permis de + verbe à l'infinitif 允許做某事情

Leçon
10

10 À condition que + subjonctif 只要、只須

請參考說明 9。主要字句的主詞與附屬子句的主詞是不同的。À condition que 與第 11 句的 pourvu que 有時可以互用，但得視情況決定。

◉ Nous te prêterons notre voiture **à condition que** tu nous la rendes avant la fin du mois.

只要你（妳）在這個月前還我們車子，我們就會借給你（妳）。

說明：我們可以借給你（妳）車子，條件是要在這個月前還我們。

◉ J'accepte ton invitation à dîner **à condition que** ce soit le week-end prochain.

只要你（妳）的晚宴是在下個周末舉行，我就接受你（妳）的邀請。

說明：我接受你（妳）的邀請，條件是晚宴要在下個週末舉行。

11 Pourvu que + subjonctif　只要

表達有一個條件就夠了。該用法也有祝福 * 的意思。

◉ **Pourvu que** je sois épuisé(e), je m'endors vite n'importe où.

只要我精疲力盡，就能在任何地方很快地入睡。

◉ Je vous aiderai à déménager **pourvu qu**'il y ait un ascenseur dans l'immeuble.

只要大樓有電梯，我就能幫你們搬家。

* 祝福 Demain, il passera son permis de conduire. **Pourvu qu**'il réussisse !

　　明天他將參加駕照考試，但願他成功！

12 À moins de + verbe à l'infinitif　除非，如果不

可置於句首或句中。如果在句首不必加標點符號，但是在句中則要加逗點符號。在句中有一部分是肯定，另一部分是否定，都可能出現在主要子句或附屬子句。不定式的主詞與主要子句的主詞相同。

Les richesses de la grammaire française　法文文法瑰寶：自主學習進階版

◉ **À moins de** finir ce travail dans trente minutes, je ne pourrai pas arriver à l'heure.

除非我能在 30 分鐘內完成這份工作，不然我將無法準時到。

> 說明：附屬子句「在 30 分鐘內完成這份工作」是肯定的意思，
> 而主要子句「我將無法準時到」則是否定的意思。

◉ Il lui est impossible de préparer ce plat exotique **à moins de** trouver des épices du pays d'origine.

他（她）無法準備這道異國料理，除非他（她）能找到一些原產地的香料。

> 說明：主要子句「他（她）無法準備這道異國的料理」是否定的意思，
> 而附屬子句「他（她）能找到一些原產地的香料」則是肯定的意思。

* Il lui est possible (impossible) de + verbe à l'infinitif 他（她）可以（不可以）做某事情

13 **À moins de** + nom　除非，如果不

請參考說明 12，較少與名詞連用。

◉ **A moins d'**un contretemps, je participerai à* cette réunion capitale.

除非臨時有事，不然我會參加這個重要的會議。

> 說明：附屬子句「臨時有事」否定的意思，而主要子句「參加會議」則是肯定的意思。

◉ Je ne ferai pas partie de* la liste des étudiants retenus **à moins du** désistement* d'un candidat.

我的名字不會在錄取名單裡，除非有另一位候選人放棄。

> 說明：主要子句「名字不會在錄取名單裡」是否定的意思，
> 而附屬子句「另一位候選人放棄」則是肯定的意思。

* participer à + qqch 參與某事　　* désistement (m.) 退出競選
* faire partie de + nom 屬於一部分

14 **À moins que** + subjonctif　除非，如果不

請參考說明 12。尤其是用於書寫。主要子句的主詞與附屬子句的主詞不同。

◉ Ils arriveront à l'heure **à moins qu**'il y ait des embouteillages sur la route.

= Ils arriveront à l'heure, **sauf s**'il y a des embouteillages sur la route.

他們會準時到達，除非在路上塞車。

說明：主要子句「他們會準時到達」是肯定的意思，

而附屬子句「在路上塞車」則是否定的意思。

◉ Elle ira en prison **à moins que** le juge soit indulgent envers elle.

= Elle ira en prison, **excepté si** le juge est indulgent envers elle.

她會進牢，除非法官對她寬容。

說明：主要子句「她會進牢」是否定的意思，

而附屬子句「法官對她寬容」則是肯定的意思。

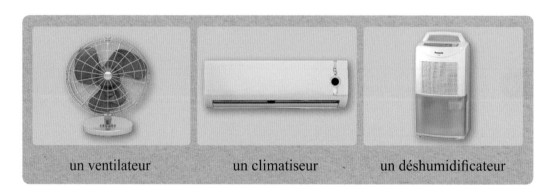

un ventilateur　　　　un climatiseur　　　un déshumidificateur

15 **En admettant que** + subjonctif =
En supposant que + subjonctif　假定、姑且認為

表達很困難，而且是幾乎不可能實現的條件。

◉ **En admettant que** je gagne le gros lot, je démissionnerai de mon poste.

假定我中大獎的話，我將辭掉我的工作。

說明：要有一千四百萬的機率才能中獎，因此是非常困難的。

◉ **En supposant que** je puisse prendre l'avion demain, j'assisterai au*
mariage de ma meilleure amie.

假定我明天能搭飛機的話，我就可以參加我最好的女性朋友的婚禮。

*assister à + nom 參加某事

*au 是合併冠詞 (à + le)

Les richesses de la grammaire française 法文文法瑰寶：自主學習進階版

16 **Pour peu que** + subjonctif　只要稍微

表達只要一個很小的條件就足夠了。

◉ **Pour peu que** le prix des produits de première nécessité augmente, les classes défavorisées protestent.

只要生活必需品稍微漲價，弱勢階級就會抗議。

◉ Il est asthmatique. **Pour peu qu**'il respire l'odeur du tabac, même quelques secondes, il se met à* tousser.

他患氣喘。只要他稍微聞到幾秒鐘的煙草味道，他就開始咳嗽。

*se mettre à + verbe à l'infinitif 開始做某事

17 **Soit que... soit que** + subjonctif =
Que... ou que + subjonctif　也許……也許……

句中有兩個假設的想法。

◉ **Soit qu**'elle aille étudier à l'étranger, **soit qu**'elle cherche un travail dans
　　（第一個假設）　　　　　　　　　（第二個假設）

son pays natal, ses parents seront toujours son meilleur soutien.

也許她去國外讀書，也許她在自己的國家找一份工作，她的父母親總是她的最好的支持者。

◉ **Qu**'il pleuve **ou qu**'il fasse beau, il est souvent dehors.
　（第一個假設）　　（第二個假設）

也許下雨，也許天氣晴朗，他經常在外面。

18 **Si tant est que** + subjonctif　如果真要如此的話

表達非常小且必要的條件，但很難實現的事情。此句不僅有條件，又有懷疑的想法。

Leçon
10

◉ Antoine a rencontré Sylvie une fois à Paris. Il ne lui a pas demandé ses coordonnées. Il la reverra, **si tant est qu**'il ait une chance extraordinaire.
(condition et doute)

Antoine 在巴黎遇見了 Sylvie 一次。他沒有跟她要聯絡方式。如果他想要將再見到她的話，要很幸運才有可能。(有條件＋懷疑的想法)

> 説明：只要 Antoine 很幸運就能再見到 Sylvie，但是這種機會幾乎不可能。

◉ Actuellement, le pays traverse une crise économique grave. Le président pourra redresser la situation, **si tant est qu**'il s'entoure* rapidement de collaborateurs compétents.

目前，國家正面臨一個嚴重的經濟危機。總統可以重建情勢，但如果真要如此做的話，他需要很快就召募到有能力的合作夥伴。

> 説明：因為這問題很難解決。總統是可以解決的，不過，要做是相當困難的。

*s'entourer de 使在自己身邊聚集

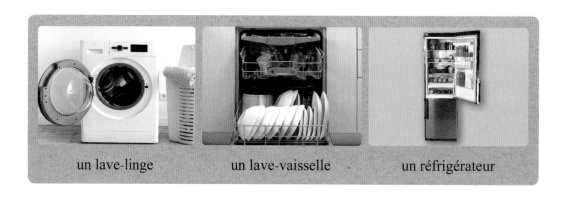

un lave-linge   un lave-vaisselle   un réfrigérateur

19 En cas de + nom   萬一

表達有可能的想法。名詞前的冠詞要省略。

◉ **En cas d**'absence, adressez-vous* au bureau d'à côté.
= **Si** je suis absent, adressez-vous* au bureau d'à côté.

萬一我不在，請您洽旁邊的辦公室。

> 説明：我們在辦公室的門上常看到這樣的字條。

*s'adresser à qqn 詢問某人

◉ **En cas de** séisme, mettez-vous sous la table !

= **S**'il y a un séisme, mettez-vous sous la table !

萬一發生地震，你們就躲到桌子底下吧！

20 Au cas où + conditionnel présent ou passé　萬一

表達有可能發生的事情，該連接詞之後總是接條件語式。

◉ J'apporte un parapluie **au cas où** il pleuvrait.

我帶一把傘以防下雨。

◉ Hier, **au cas où** tu serais venu(e) chez moi, nous aurions discuté de notre projet.

昨天萬一你來我家，我們就可以討論我們的計畫。

21 Sinon = Si... ne... pas　否則、不然的話

Sinon 總是置於第一個句子之後。

◉ Dépêchons-nous, **sinon** on va rater le début du film.

= **Si** on **ne** se dépêche **pas**, on va rater le début du film.

我們快一點，不然我們會錯過電影的片頭。

◉ Marchons plus vite, **sinon** nous arriverons en retard.

= **Si** nous **ne** marchons **pas** plus vite, nous arriverons en retard.

我們走快一點，不然會遲到。

22 Adjectif　形容詞

◉ **Persévérant**, on accomplit beaucoup de choses.

= **Si** on est persévérant, on accomplit beaucoup de choses.

如果我們有毅力，一定會完成很多事情。

◉ **Seule**, elle ne pourra pas faire tout ce travail.

= **Si** elle est seule, elle ne pourra pas faire tout ce travail.

如果她獨自一個人，她將無法做所有的工作。

23 Conditionnel 條件式

雖然句中既無 si，也無其他連接詞，但是言下之意有假設的意思，因此主要子句及附屬子句都用條件式。

◉ Je **serais** libre, je vous **aiderais** avec plaisir.

= **Si** j'étais libre, je vous aiderais avec plaisir.

如果我現在有空，我很高興幫您。(1)

如果我有空，我會很高興幫您。(2)

> 說明：si + imparfait + conditionnel présent
>
> (1) 與現在事實相反：可惜我現在沒空，無法幫您。
>
> (2) 未來要實現的可能性很小：我未來要幫您的可能性很小。

◉ Hier, nous **serions partis** plus tôt, nous n'**aurions** pas **manqué** notre avion.

= Hier, **si** nous étions partis plus tôt, nous n'aurions pas manqué notre avion.

昨天如果我們早一點出發，我們就不會搭不上飛機了。

> 說明：Si + plus-que-parfait + conditionnel passé
>
> 與過去事實相反：可惜我們沒有早一點出發，我們也沒有搭上飛機。

une liseuse électronique
(une liseuse numérique)　　　une imprimante　　　un iPad

B　Citations
名言

---

❶ **Si** votre cœur est une rose, votre bouche dira des mots parfumés (proverbe russe).

❷ On ne guérit d'une souffrance qu'**à condition de** l'éprouver pleinement (Marcel Proust).

C　Exercices
練習

Niveau 1

Utilisez :

- **À condition de**
- **À condition que**
- **À moins de**
- **À moins que**
- **Avec**
- **Au cas où**
- **Comme si**
- **En cas de**
- **Même si**
- **Pourvu que**
- **Sans**
- **Sauf si (= Excepté si)**
- **Sinon**

① _____ un peu de patience, tu comprendras toute la situation.

② _____ problème, contacte-moi sans tarder.

③ Préparons un couvert de plus _____ il y aurait un invité supplémentaire.

④ Ton petit frère pourra assister à ce spectacle _____ être sage.

⑤ _____ la présence de Pauline, la soirée aurait été moins réussie.

⑥ Vous devez faire un régime, _____ vous tomberez malade.

⑦ _____ insomnie, prenez ce médicament.

⑧ Matthieu a l'air content _____ il avait gagné au loto.

⑨ Je n'aime pas ce restaurant. _____ on m'y invitait, je n'irais pas.

⑩ Il aime beaucoup sa ville. Il en parle _____ c'était la plus belle du monde.

⑪ Nous déjeunerons dans le jardin _____ il pleuve.

⑫ _____ de la chance, nous aurons de bonnes places au cinéma.

⑬ Ne soyez pas découragés _____ la vie est parfois difficile.

⑭ Vous pouvez voter _____ être majeur.

⑮ Demain, nous irons à la mer _____ il fasse beau.

⑯ Personne _____ être très riche ne peut acquérir ce château.

⑰ J'achèterai cette villa, _____ le prix dépasse 10 millions.

⑱ _____ amis, la vie n'est pas intéressante.

⑲ Mange lentement, _____ tu digéreras mal.

⑳ Apportez un casse-croûte _____ vous auriez faim.

Les richesses de la grammaire française　法文文法瑰寶：自主學習進階版

㉑ Je vous dis un secret _____ vous ne le répétiez à personne.

㉒ Nous irons à la mer, _____ Justine a une meilleure idée.

㉓ On ne peut pas réussir ce projet _____ avoir des idées originales.

㉔ Je n'ai plus d'argent. Je t'accompagne au restaurant _____ tu m'invites.

Niveau
2

Utilisez :

- **Ambitieux**
- **Conduire**
- **Dire… déranger**
- **Étudier… réussir**
- **Faire**
- **Selon que... ou (= Suivant que... ou)**
- **Soit que... soit que (= Que... ou que)**

- **Avoir… aller**
- **Dans la mesure où**
- **En admettant que (= En supposant que)**
- **Malade**
- **Pour peu que**
- **Si tant est que**

① _____ cet acteur vienne à Taiwan, je lui demanderai un autographe.

② _____ on le contredise, il s'énerve facilement.

③ _____ on ne commet pas d'excès alimentaires, on peut consommer de tout.

④ Tu m'_____ que Vincent était débordé de travail, je ne l'_____ pas _____ *(deux verbes au conditionnel passé).*

⑤ _____ on écoute cette musique romantique le matin ou la nuit, on n'éprouve pas les mêmes sentiments.

⑥ _____, il rêve de devenir le prochain président du pays (*adjectif*)

⑦ On est heureux _____ on se sent aimé.

⑧ _____ lentement, nous apprécierons mieux les paysages (*gérondif*).

⑨ _____, elle annulera son voyage (*adjectif*).

⑩ _____ attention, vous éviterez beaucoup de fautes (*gérondif*).

⑪ _____ je boive un tout petit verre de vin, je rougis immédiatement.

⑫ _____ vous lisez ce poème en silence ou à voix haute, vous ressentez des émotions différentes.

⑬ On retrouvera les alpinistes disparus depuis un mois dans cette région dangereuse, _____ ils aient trouvé les moyens de survivre.

⑭ Il _____ bien, il _____(*deux verbes au conditionnel présent*).

⑮ _____ nous voyagions, _____ nous restions chez nous, nous pensons constamment à notre projet.

⑯ J'_____ du temps, j' _____ au café avec vous (*deux verbes au conditionnel présent*).

⑰ _____ il travaille, _____ il soit au chômage, il est toujours content.

⑱ Lola me rendra la somme considérable qu'elle me doit samedi _____ elle parvienne à la réunir d'ici là.

⑲ Je suis occupé(e), je ne peux pas vous accompagner au cinéma (si + imparfait + conditionnel présent) : Si _____

_____

⑳ Nous ne sommes pas libres, nous n'allons pas au KTV (si + imparfait+ condionnel présent) : Si _____

_____

㉑ J'ai égaré le numéro de téléphone d'Alice, je ne peux pas la contacter (si + plus-que-parfait + conditionnel présent) : Si _____

_____

㉒ Romain a conduit trop vite, il a eu un accident (si + plus-que-parfait + conditionnel passé) : Si _____

_____

㉓ Nous sommes arrivés en retard à la gare, nous avons raté le train (si + plus-que-parfait + conditionnel passé) : Si _____

_____

㉔ Chloé a parlé trop vite, je n'ai pas compris ses explications (si + plus-que-parfait + conditionnel passé)

_____

_____

㉕ Je n'ai pas pris la bonne décision, je ne suis pas content(e) maintenant (si + plus-que-parfait + conditionnel présent)

_____

_____

D Une question simple
一個簡單的問題

Si je deviens riche, je serai très content(e).

Quand je deviendrai riche, je serai très content(e).

Quelle phrase préférez-vous ?

假如我變成富翁，我會很高興。

當我變成富翁，我會很高興。

您比較喜歡哪一個句子？

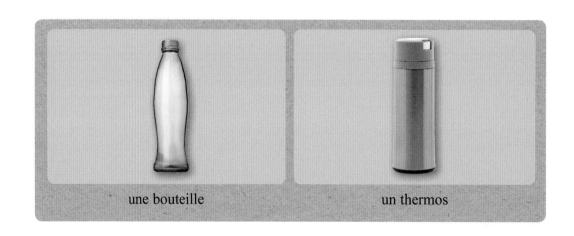

une bouteille   un thermos

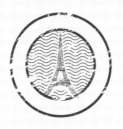

Réponses
解答

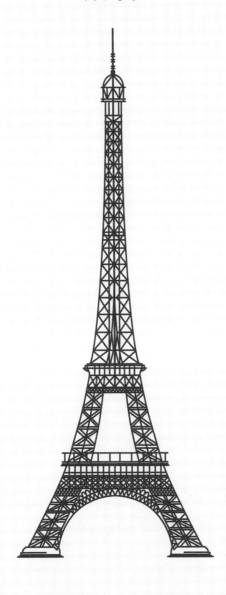

Leçon 1

1. beauté *ou* douceur
2. lenteur
3. violence
4. folie *ou* méchanceté
5. fidélité
6. beauté *ou* douceur *ou* richesse
7. commencement
8. arrivée
9. étude
10. arrestation
11. augmentation
12. efforts
13. vol
14. solitude
15. curiosité
16. utilité
17. efficacité
18. patience

Leçon 2

1. Au moment où *ou* Comme
2. Pendant que *ou* Quand *ou* Lorsque
3. avant qu'
4. Depuis qu'
5. Au bout d'
6. en écoutant
7. au bout de
8. pendant que *ou* quand *ou* lorsque
9. Tant que *ou* Aussi longtemps que
10. Chaque fois qu' *ou* Toutes les fois qu'
11. Quand *ou* Lorsque *ou* Dès que *ou* Aussitôt que *ou* Après que *ou* Une fois que
12. Au moment où *ou* Comme
13. Depuis qu'
14. en nous promenant
15. Au moment où *ou* Quand *ou* Lorsque *ou* Dès que *ou* Aussitôt que

① le temps que *ou* en attendant que *ou* jusqu'à ce que

② le temps de

③ d'ici à *ou* d'ici

④ à peine... que

⑤ Au fur et à mesure que *ou* À mesure que

⑥ à peine... qu'

⑦ alors qu' *ou* tandis qu'

⑧ Au fur et à mesure des

⑨ Maintenant qu' *ou* À présent qu'

⑩ le temps que *ou* en attendant que *ou* jusqu'à ce que

⑪ En attendant

⑫ Maintenant que *ou* À présent que

⑬ le temps de

⑭ d'ici à *ou* d'ici

⑮ D'ici que *ou* D'ici à ce que

Leçon 3

Verbes à l'impératif

① Il m'a ordonné de partir.

② Je lui ai demandé de nous attendre.

③ Il m'a commandé de ne pas le déranger.

④ Le directeur nous a dit d'être à l'heure.

⑤ J'ai dit à Jean-Luc de m'aider.

⑥ J'ai conseillé à mes amis de ne pas sortir pendant le typhon.

Verbes au présent

① Le père dit souvent à ses enfants qu'ils iront à Disneyland.

② Mon voisin déclare parfois qu'il aime beaucoup notre quartier.

③ Eric ne dit jamais à sa femme qu'elle est la prunelle de ses yeux.

④ La mère affirme à ses deux enfants qu'ils sont ses trésors.

⑤ La maîtresse de maison demande toujours à ses invités ce qu'ils veulent boire.

⑥ Au restaurant, le garçon demande aux clients quels plats ils choisissent.

⑦ Chaque fois que Sylvie m'invite chez elle, elle veut savoir comment je trouve sa cuisine.

⑧ Sonia demande de temps en temps à son mari s'il l'aime plus que tout.

Verbes au passé

① Paul m'a dit qu'il était ingénieur.

② Sylvie m'a dit qu'elle connaissait Fabienne.

③ Nicolas m'a dit qu'il s'était égaré.

④ Luc m'a dit qu'il travaillerait à Taichung.

⑤ Mes amis m'ont dit qu'ils s'étaient promenés à la mer.

⑥ Elle voulait savoir si je connaissais Bruno.

⑦ J'ai demandé à Jean-Pierre s'il voulait aller au café avec moi.

⑧ Lisa a voulu savoir où j'allais *ou* où nous allions.

⑨ Roger a demandé à Jules qui était son meilleur ami.

⑩ Il m'a demandé si je comprenais ce qu'il disait.

⑪ Valentine nous a dit qu'elle aurait pu nous aider.

⑫ J'ai demandé à Paul s'il aimait la cuisine taiwanaise.

⑬ Le directeur m'a demandé quel était mon nom.

⑭ J'ai demandé à mon voisin pourquoi il était triste.

⑮ J'ai demandé à mon amie quand elle voyagerait au Japon.

⑯ Elle m'a demandé combien de frères j'avais.

⑰ Je lui ai demandé ce qu'il avait fait la veille.

⑱ Ils nous ont dit qu'ils venaient de déjeuner.

⑲ Emma m'a confié qu'elle aimerait avoir un tatouage.

Les richesses de la grammaire française 法文文法瑰寶：自主學習進階版

Verbes au passé et indicateurs temporels

① Le mois passé, j'ai déclaré à Alain que nous voyagerions en France le lendemain.

② Le mois dernier, elle m'a fait savoir que le mardi suivant, elle irait à une exposition.

③ Le mois passé, j'ai dit à Sophie que j'avais acheté ce vêtement la semaine précédente.

④ Le mois passé, ils nous ont affirmé qu'ils avaient résolu leur problème trois jours plus tôt.

⑤ La semaine passée, elle m'a confié qu'à ce moment-là, elle était très fatiguée.

⑥ Je lui ai dit que la veille, j'avais rencontré Luc.

⑦ Paul m'a dit que l'avant-veille, il avait perdu son sac.

⑧ Julie a dit à Emma que ce jour-là, c'était son anniversaire.

⑨ La semaine dernière, Simon a annoncé à Anne-Laure que le lundi précédent, il avait rencontré Tom.

⑩ La semaine dernière, le père a promis à ses enfants qu'ils visiteraient le zoo deux jours plus tard.

⑪ Le mois passé, mon amie m'a dit que le surlendemain, elle finirait son projet.

⑫ Samuel m'a dit que ce matin-là, il s'était levé tard.

⑬ Le mois passé, nous avons dit à Tom que ce soir-là, nous dînerions dans un excellent restaurant.

⑭ L'année passée, mon amie m'a confié que ce mois-là, elle avait beaucoup de choses à faire.

⑮ Le mois dernier, mes amis m'ont annoncé qu'ils déménageraient le surlendemain.

⑯ La semaine dernière, elle m'a dit qu'elle louerait une voiture la semaine suivante.

Leçon 4

① en chantant (simultanéité)

② en souriant (simultanéité + manière)

③ en écoutant *ou* en lisant (simultanéité + cause)

④ en tombant (simultanéité + cause)

⑤ en buvant (simultanéité)

⑥ En allant (simultanéité)

⑦ en regardant (simultanéité)

⑧ en mangeant (simultanéité)

⑨ En discutant (simultanéité + cause)

⑩ en lisant *ou* en écoutant (simultanéité + cause)

⑪ En me levant (simultanéité + cause)

⑫ En travaillant (condition)

⑬ En voyageant (simultanéité + cause) / (simultanéité + manière)

⑭ en cherchant (simultanéité + manière)

⑮ En prenant (condition)

⑯ En faisant (condition)

⑰ En pensant (simultanéité+ cause)

⑱ En nettoyant (simultanéité)

⑲ En attendant (simultanéité)

⑳ En vous exprimant (simultanéité + manière) / (condition)

① en détestant

② en comprenant

③ en étant

④ en travaillant

⑤ en préparant

⑥ en sachant

Les richesses de la grammaire française 法文文法瑰寶：自主學習進階版

Leçon 5

Participe présent

1. Voulant *ou* Désirant
2. Vivant *ou* Habitant
3. Conduisant
4. vivant
5. devenant *ou* étant
6. Aimant
7. Voulant *ou* Désirant
8. conduisant *ou* s'exprimant *ou* riant
9. Faisant
10. Connaissant
11. sachant
12. riant
13. différant
14. arrivant
15. étant
16. rentrant
17. démoralisant

Adjectifs verbaux

1. stressante
2. fatigant
3. ennuyeuse
4. intéressants *ou* passionnants
5. démoralisante
6. communicantes
7. payante
8. provocante
9. négligente
10. passionnant *ou* intéressant

Leçon 6

Niveau 1

① Étant donné que *ou* Vu que *ou* Du fait que *ou* Comme

② pour *ou* en raison de *ou* à cause de

③ pour

④ Vu *ou* Étant donné *ou* Du fait de *ou* Compte tenu de *ou* À cause de *ou* En raison de

⑤ puisque

⑥ Faute d'

⑦ Faute d'

⑧ À force d'

⑨ grâce à

⑩ par

⑪ Vu *ou* Étant donné *ou* Du fait du *ou* Compte tenu du *ou* À cause du *ou* En raison du

⑫ par

⑬ À cause du *ou* En raison du

⑭ car *ou* parce que *ou* : *ou* ;

⑮ À force d'

⑯ Faute de

⑰ À force de

⑱ car *ou* parce que *ou* : *ou* ;

⑲ Puisque *ou* Du moment que

⑳ Faute d'

㉑ Étant donné que *ou* Vu que *ou* Du fait que *ou* Comme

㉒ À force de

㉓ car *ou* parce qu' *ou* : *ou* ;

㉔ Étant donné que *ou* Vu que *ou* Du fait que *ou* Comme

㉕ pour

㉖ Grâce au

㉗ à cause de *ou* en raison de

㉘ Étant donné que *ou* Vu que *ou* Du fait que *ou* Comme

Niveau 2

① en effet

② soit qu'... soit qu'

③ en effet

④ soit qu'... soit qu'

⑤ sous prétexte d'

⑥ ayant

⑦ Ce n'est pas que... mais *ou* Non que... mais *ou* Non pas que... mais

Les richesses de la grammaire française 法文文法瑰寶：自主學習進階版

⑧ Par suite d'

⑨ d'autant plus qu' *ou* d'autant qu' *ou* surtout qu'

⑩ Par suite de

⑪ en jouant

⑫ Exigeant

⑬ Traumatisé

⑭ Voyant

⑮ Malade

⑯ sous prétexte qu'

⑰ tellement *ou* tant

⑱ tellement *ou* tant

⑲ en nettoyant

⑳ sous prétexte d'

㉑ Battu

㉒ sous prétexte d'

㉓ tellement *ou* tant

㉔ sous prétexte de

㉕ Ce n'est pas que... mais *ou* Non que... mais *ou* Non pas que... mais

㉖ sous prétexte qu'

㉗ raccourcissant

㉘ d'autant plus qu' *ou* d'autant qu' *ou* surtout qu'

Leçon 7

Niveau 1

① assez... pour que

② trop... pour que

③ tellement... que *ou* tant... que

④ assez d'... pour

⑤ trop... pour que

⑥ assez... pour

⑦ trop de... pour que

⑧ assez... pour

⑨ trop... pour

⑩ assez... pour que

⑪ assez de... pour que

⑫ si... qu' *ou* tellement... qu'

⑬ trop de... pour

⑭ assez d'... pour

⑮ tellement... qu' *ou* tant... qu'

⑯ trop... pour

⑰ tellement de... que *ou* tant de... que

⑱ si... que *ou* tellement... que

⑲ tellement de... que *ou* tant de... que

⑳ tellement qu' *ou* tant qu'

㉑ assez... pour

㉒ trop... pour

㉓ trop... pour que

㉔ assez... pour

㉕ trop... pour

㉖ trop de... pour

㉗ assez... pour que

㉘ trop... pour

㉙ trop... pour que

㉚ assez... pour que

① par conséquent *ou* en conséquence

② si bien que *ou* donc *ou* alors *ou* du coup

③ si bien qu' *ou* donc *ou* alors *ou* du coup

④ aussi

⑤ d'où *ou* de là

⑥ c'est pourquoi *ou* c'est pour ça *ou* c'est la raison pour laquelle *ou* c'est pour cette raison qu'

⑦ comme ça *ou* ainsi

⑧ aussi

⑨ : *ou* ;

⑩ d'où *ou* de là

⑪ par conséquent *ou* en conséquence

⑫ si bien qu' *ou* donc *ou* alors *ou* du coup

⑬ si bien que *ou* donc *ou* alors *ou* du coup

⑭ de manière que *ou* de telle manière que *ou* de sorte que *ou* de façon que *ou* de telle façon que

⑮ : *ou* ;

⑯ au point qu' *ou* à tel point qu'

⑰ c'est pourquoi *ou* c'est pour ça *ou* c'est la raison pour laquelle *ou* c'est pour cette raison qu'

⑱ si bien que *ou* donc *ou* alors *ou* du coup

⑲ comme ça *ou* ainsi

⑳ de manière qu' *ou* de telle manière qu' *ou* de sorte qu' *ou* de façon qu' *ou* de telle façon qu'

㉑ d'où *ou* de là

㉒ c'est pourquoi *ou* c'est pour ça *ou* c'est la raison pour laquelle *ou* c'est pour cette raison que

㉓ au point qu' *ou* à tel point qu'

Leçon 8

1. de peur d' *ou* de crainte d'
2. de peur qu' *ou* de crainte qu'
3. de peur d' *ou* de crainte d'
4. de manière que *ou* de façon que *ou* de sorte que *ou* pour que *ou* afin que
5. de peur qu' *ou* de crainte qu'
6. qui
7. de manière qu' *ou* de façon qu' *ou* de sorte qu' *ou* pour qu' *ou* afin qu'
8. de manière à *ou* de façon à
9. qui
10. de manière que *ou* de façon que *ou* de sorte que *ou* pour que *ou* afin que
11. de manière que *ou* de façon que *ou* de sorte que *ou* pour que *ou* afin que *ou* que
12. Pour
13. de manière que *ou* de façon que *ou* de sorte que *ou* pour que *ou* afin que *ou* que
14. pour *ou* afin de *ou* de manière à *ou* de façon à
15. pour *ou* afin de
16. en vue d' *ou* dans l'intention d' *ou* dans le but d' *ou* pour *ou* afin d'
17. pour *ou* afin d'
18. en vue de

Leçon 9

Niveau 1

1. sans
2. Contrairement à
3. mais *ou* sauf que *ou* si ce n'est que
4. mais *ou* sauf qu' *ou* si ce n'est qu'
5. cependant *ou* néanmoins *ou* toutefois
6. tandis que
7. mais... quand même *ou* mais... tout de même
8. Malgré *ou* En dépit de
9. pourtant
10. en fait *ou* en réalité
11. alors qu'
12. par contre *ou* en revanche
13. sans
14. alors qu'
15. même s'
16. par contre *ou* en revanche
17. pourtant

⑱ mais *ou* sauf que *ou* si ce n'est que

⑲ mais

⑳ tandis que

㉑ Contrairement à

㉒ Même si

㉓ mais... quand même *ou* mais... tout de même

㉔ Malgré *ou* En dépit de

㉕ Au contraire

㉖ en fait *ou* en réalité

㉗ cependant *ou* néanmoins *ou* toutefois

① pour... qu' *ou* si... qu' *ou* tout... qu' *ou* quelque... qu'

② Au lieu d'

③ sans que

④ Bien que *ou* Quoique

⑤ Au lieu de

⑥ a beau

⑦ or

⑧ pour autant

⑨ où que

⑩ Loin de

⑪ en sachant

⑫ refuserait, resterait

⑬ a eu beau

⑭ loin d'

⑮ pour... qu' *ou* si... qu' *ou* tout... qu' *ou* quelque... qu'

⑯ pour autant

⑰ or

⑱ Quoi qu'

⑲ Quels que

⑳ Quitte à

㉑ Quoi qu'

㉒ à moins que

㉓ quelque... qu'

㉔ seulement

㉕ Quelle que

㉖ Qui que

㉗ Où qu'

㉘ à moins qu'

㉙ encore qu' *ou* bien qu' *ou* quoiqu'

㉚ Si

㉛ Quand bien même

㉜ quelques... qu'

㉝ quelques... que

㉞ aurait expliqué, aurait cru

Leçon 10

Niveau 1

1. Avec
2. En cas de
3. au cas où
4. à condition d'
5. Sans
6. sinon
7. En cas d'
8. comme s'
9. Même si
10. comme si
11. à moins qu'
12. Avec
13. même si
14. à condition d'
15. pourvu qu' *ou* à condition qu'
16. à moins d'
17. sauf si *ou* excepté si
18. Sans
19. sinon
20. au cas où
21. pourvu que *ou* à condition que
22. sauf si *ou* excepté si
23. à moins d'
24. pourvu que *ou* à condition que

Niveau 2

1. En admettant que *ou* En supposant que
2. Pour peu qu'
3. Dans la mesure où
4. aurais dit... aurais... dérangé
5. Selon qu' *ou* Suivant qu'
6. Ambitieux
7. dans la mesure où
8. En conduisant
9. Malade
10. En faisant
11. Pour peu que
12. Selon que *ou* Suivant que
13. si tant est qu'
14. étudierait... réussirait
15. Soit que... soit que *ou* Que... *ou* que
16. aurais... irais
17. Soit qu'..., soit qu' *ou* Qu'... ou qu'
18. si tant est qu'

Réponses 解答

213

⑲ Si je n'étais pas occupé (e), je pourrais vous accompagner au cinéma.

⑳ Si nous étions libres, nous irions au KTV.

㉑ Si je n'avais pas égaré le numéro de téléphone d'Alice, je pourrais la contacter.

㉒ Si Romain n'avait pas conduit trop vite, il n'aurait pas eu d'accident.

㉓ Si nous n'étions pas arrivés en retard à la gare, nous n'aurions pas raté le train.

㉔ Si Chloé n'avait pas parlé trop vite, j'aurais compris ses explications.

㉕ Si j'avais pris la bonne décision, je serais content(e) maintenant.

參考書目

1. Delatour Y., Jennepin D., Léon-Dufour M., Teyssier B., *Nouvelle Grammaire du Français*, Hachette, Paris, 2004.

2. Descotes-Genon C., Morsel M-H., Richou C., *L'exercisier : L'expression française pour le niveau intermédiaire*, Presses Universitaires de Grenoble, 1993.

3. Poisson-Quinton S., Mimran R., Mahéo-Le Coadic M., *Grammaire expliquée du français*, CLE INTERNATIONAL, Paris, 2002.

4. *Le dictionnaire Petit Robert*, éditions le Robert, Paris.

Linking French

法文文法瑰寶：自主學習進階版

2021年9月初版　　　　　　　　　　　　　　　　定價：新臺幣490元
有著作權·翻印必究
Printed in Taiwan.

著　　　者	楊　淑　娟	
	侯　義　如	
叢書編輯	賴　祖　兒	
內文插畫	高　嘉　玫	
內文排版	江　宜　蔚	
封面設計	陳　瀅　竹	

出　版　者	聯經出版事業股份有限公司	
地　　　址	新北市汐止區大同路一段369號1樓	
叢書主編電話	(02)86925588轉5395	
台北聯經書房	台北市新生南路三段94號	
電　　　話	(02)23620308	
台中分公司	台中市北區崇德路一段198號	
暨門市電話	(04)22312023	
台中電子信箱	e-mail：linking2@ms42.hinet.net	
郵政劃撥帳戶第0100559-3號		
郵撥電話	(02)23620308	
印　刷　者	文聯彩色製版印刷有限公司	
總　經　銷	聯合發行股份有限公司	
發　行　所	新北市新店區寶橋路235巷6弄6號2樓	
電　　　話	(02)29178022	

副總編輯	陳　逸　華
總　編　輯	涂　豐　恩
總　經　理	陳　芝　宇
社　　　長	羅　國　俊
發　行　人	林　載　爵

行政院新聞局出版事業登記證局版臺業字第0130號

本書如有缺頁，破損，倒裝請寄回台北聯經書房更換。　ISBN 978-957-08-5967-6 (平裝)
聯經網址：www.linkingbooks.com.tw
電子信箱：linking@udngroup.com

國家圖書館出版品預行編目資料

法文文法瑰寶：自主學習進階版/楊淑娟、侯義如著.
初版. 新北市. 聯經. 2021年9月. 224面. 19×26公分
（Linking French）.
ISBN 978-957-08-5967-6（平裝）

1.法語　2.語法

804.56　　　　　　　　　　　　　　　　110012958